안녕하세요 한국어.
잘 부탁합니다.

★ 獻給想要馬上說韓語的您 ★

溜旅遊韓語
中文就行啦

金龍範◎著

山田社韓語教材策劃組監修

很多人，為什麼喜歡韓國？

- 「自己也不知道為什麼！」
- 「為了追韓國明星！」
- 「很突然的就喜歡了，可能是看韓劇吧！」
- 「我喜歡吃泡菜！」
- 「可能是愛上韓國人那濃濃的人情味吧！」
- 「韓國人對自己的國家民族的團結！」
- 「韓國人剽悍，我怎看就怎麼可愛！」
- 「韓國人很好客、又大方！」
- 「他們看你笑，就會笑得更開心！」
- 「我超愛超愛韓國、韓國人、韓國食物、韓國全部！」

　　無論如何？不知不覺愛上隔壁鄰居韓國的您！不要想太多，有時間拎起包包，就去走走吧！

　　可是，韓語那又是圈、又是點、又是橫、又是豎的，好像「來自星星的文字」。

　　別擔心！韓語有70%是「漢字詞」，是從中國引進的，發音也是模仿了中國古時候的發音。也就是說，只要用中文（特別是台語）來拼韓語發音，然後多聽、多說，一樣可以把韓語說得嚇嚇叫！

　　《溜旅遊韓語 中文就行啦》要您臨時惡補，都照樣能派上用場，讓您旅途一路順暢到底。本書有7個好㊣點以及7大保㊣的理由，肯定讓您喜歡、滿意：

第一個 ㊣：句子簡短，照樣溝通，好學、好記！

第二個 ㊣：中文拼音，用中文就能說韓國話。

第三個 ㊣：貼心的羅馬拼音，讓您玩得更開心！

第四個 ㊣：都是韓國人愛用的句型，馬上學，馬上開口！

第五個 ㊣：一個句型，替換不同單字，通用各種場合！

第六個 ㊣：「現在最需要的那一句話」，讓您輕鬆秀韓語！

第七個 ㊣：吃喝玩樂句、追星交友句，通通有！

目錄

第1步

韓國人最愛用的句型

PART 1

名詞＋예요./名詞（이）＋에요.
_{ye yo} _i _{e yo}
也喲 衣 愛喲

註：名詞（母音收尾）+예요. / 名詞（子音收尾+이）+에요.

是母親。

eo meo ni ye yo

어머니예요.

喔.末.尼.也.喲.

是醫生。

ui sa ye yo

의사예요.

<u>烏衣</u>.莎.也.喲.

● 替換看看 ●

電話	歌手	家庭主婦	老師
jeon hwa	ga su	ju bu	seon saeng ni mi
전화	가수	주부	선생님이
怎.化.	卡.樹.	阻.樸.	松.先.你.米.

金美景	首爾	學生	台灣人
gim mi gyong i	seo u ri	hak saeng i	dae ma ni ni
김 미경이	서울이	학생이	대만인이
<u>金母</u>.米.宮.衣.	瘦.無.立.	哈.先.衣.	貼.滿.寧.你.

2 是＋○○＋嗎？　　　OT**01**

名詞＋예요?／名詞（이）＋에요?
　　ye yo　　　　　　　　i　　e yo
　也喲　　　　　　　　衣　愛喲

註：名詞（母音收尾）+예요? / 名詞（子音收尾+이）+에요?

是哪裡呢？

eo di ye yo

어디예요?

喔.低.也.喲.

是誰呢？

nu gu ye yo

누구예요?

努.姑.也.喲.

上班族

hoe sa wo ni

회사원이

會.莎.我.妮.

● **替換看看** ●

什麼	哪一個	幾點	母親
mwo	eo neu geo	myeot si	eo meo ni
뭐	어느거	몇 시	어머니
某.	喔.呢.狗.	秒.細.	喔.末.尼.

老師	韓國人	演員	學生
seon saeng ni mi	han guk sa ra mi	bae u	hak saeng i
선생님이	한국사람이	배우	학생이
松.先.你.米.	韓.哭.莎.郎.米.	配.無.	哈.先.衣.

基本句型 기본

3 不是＋○○。

名詞（가/이）＋아니에요.
ga i a ni e yo
卡 衣　　阿 妮 也 喲

註：名詞（母音收尾+가）+아니에요. / 名詞（子音收尾+
이）+아니에요。「가/이」是主格助詞，表示名詞是句子的
主詞。

不是泡菜。

gim chi ga a ni e yo

김치가 아니에요.

金母.氣.卡.阿.妮.也.喲.

不是家庭主婦。

ju bu ga a ni e yo

주부가 아니에요.

阻.樸.卡.阿.妮.也.喲.

● 替換看看 ●

演員	人參茶	書	學生
bae u ga	in sam cha ga	chae gi	hak saeng i
배우가	인삼차가	책이	학생이
配.無.卡.	音.山母.恰.卡.	切.幾.	哈.先.衣.

韓國人	上班族	酒	桌子
han guk sa ra mi	hoe sa wo ni	su ri	chaek sang i
한국사람이	회사원이	술이	책상이
韓.哭.莎.拉.米.	會.莎.我.妮.	樹.里.	妾可.商.衣.

4 很＋○○。

形容詞（아 ／ 어 ／ 네）＋요.
　　　　　a　　eo　　ne　　yo
　　　　　阿　喔　内　　嗹

> 註：「아요／어요」是非正式但客氣的平述句語尾。語幹
> 以陽母音收尾的後接「아」；以陰母音收尾的後接「어」，
> 然後再接「요」就可以了。

很高興。

gi ppeo yo

기뻐요.

幾.撥.嗹.

很寂寞。

oe ro wo yo

외로워요.

威.樓.我.嗹.

● 替換看看 ●

快樂	辣	遙遠
jeul geo wo	mae wo	meo ne
즐거워	매워	머네
茄兒.科.我.	每.我.	末.内.

有趣	好	甜
jae mi it ne	joh a	da ra
재미있네	좋아	달아
切.米.乙.内.	秋.阿.	打.拉.

9

5　很＋○○＋嗎？

形容詞（아／어）＋요？
　　　　　　a　　eo　　yo
　　　　阿　　喔　　喲

註：「아요／어요」是非正式但客氣的平述句語尾。語幹以陽母音收尾的後接「아」；以陰母音收尾的後接「어」，然後再接「요」就可以了。如果是疑問句，只要在句尾加上問號「？」，在把音調上揚就可以了。

漂亮嗎？

i ppe yo

예뻐요？

衣.撥.喲.

可愛嗎？

gwi yeo wo yo

귀여워요？

桂.有.我.喲.

● 替換看看 ●

鹹	酸	苦
jja	syeo	sseo
짜	셔	써
恰.	秀.	瘦.
（酒精度數）高	帥	好吃
do kae	meo si sseo	ma si sseo
독해	멋있어	맛있어
吐.給.	摸.細.手.	馬.細.手.

6 ○○＋很（真）＋○○。

名詞（가／이）＋形容詞（아／
ka i
卡 衣
a
阿
어／네）＋요.
eo ne yo
喔 內 喲

皮膚真好。

pi bu ga jot ne yo

피부가 좋네요.

匹.樸.卡.秋.內.喲.

泡菜很辣。

gim chi ga mae wo yo

김치가 매워요.

<u>金母</u>.七.卡.每.我.喲.

● 替換看看 ●

果汁／甜	電影／有趣	味道／淡
ju seu ga / da ra	yeong hwa ga / jae mi i sseo	ma si / sing geo wo
주스가／달아	영화가／재미있어	맛이／싱거워
阻.司.卡.／打.拉.	用.化.卡.／切.米.乙.手.	馬.西.／醒.科.我.

旅行／快樂	心情／好	心情／差
yeo haeng i / jeul geo wo	gi bu ni / jo a	gi bu ni / na ppa
여행이／즐거워	기분이／좋아	기분이／나빠
喲.狠.泥.／仇.溝.我.	幾.布.妮.／秋.阿.	幾.布.妮.／娜.爸.

7 ○○＋很痛。

○T**03**

名詞＋아파요.
a pa yo
阿 怕 喲

這裡痛。

yeo gi ga a pa yo

여기가 아파요.

喲. 幾. 卡. 阿. 怕. 喲.

頭痛。

meo ri a pa yo

머리 아파요.

末. 里. 阿. 怕. 喲.

● **替換看看** ●

肚子	背部	手
bae	deung	son
배	등	손
配.	疼.	鬆.

膝蓋	牙齒	胸部
mu reup	i ppar	ga seum
무릎	이빨	가슴
木. 嚕樸.	尾. 巴.	卡. 師母.

8 ○○＋是什麼呢？ ◯ 03

名詞＋뭐예요?
mwo ye yo
某.也.喲.

註：為了強調主詞，會用「가／이」助詞（母音收尾+가；子音收尾+이）。

這是什麼？
i ge mwo ye yo

이게 뭐예요?
衣.給.某.也.喲.

這是什麼？
i geo mwo ye yo

이거 뭐예요?
衣.勾.孫.某.也.喲.

● 替換看看 ●

那	興趣	夢想	特殊才藝
geu geon	chwi mi ga	kku mi	teuk gi ga
그건	취미가	꿈이	특기가
哭.公.	娶.米.卡.	姑.米.	特.幾.卡.

早餐	工作	職業	姓名
a chim ba bi	i ri	ji geo bi	i reu mi
아침 밥이	일이	직업이	이름이
阿.七母.爬.比.	憶.里.	吉.勾.比.	衣.輪.米.

13

9 有＋○○＋嗎？

 03

名詞＋있어요？
i sseo yo
衣 手 喲

有報紙嗎？

sin mun i sseo yo

신문 있어요？

心.悶.衣.手.喲.

有暈車藥嗎？

meol mi yag i sseo yo

멀미약 있어요？

末兒.米.牙.衣.手.喲.

· 替換看看 ·

果汁	時刻表	小菜
ju seu	si gan pyo	an ju
주스	시간표	안주
阻.思.	細.卡.票.	安.阻.

高麗人參茶	空位	入場券（票）
in sam cha	bin ja ri	ti ket
인삼차	빈 자리	티켓
音.山母.恰.	冰.叉.里.	提.客.

10 有＋〇〇。

名詞＋있어요.
i sseo yo
衣 手 喲

有房間。

bang i sseo yo

방 있어요.

胖.衣.手.喲.

有直達車。

ji kaeng beo seu i sseo yo

직행버스 있어요.

幾.肯.波.司.衣.手.喲.

• 替換看看 •

座位	小狗	朋友
ja ri	gang a ji ga	chin gu ga
자리	**강아지가**	**친구가**
叉.里.	康.阿.吉.卡.	親.姑.卡.

休息時間	免稅店	發燒
hyu ge si ga ni	myeon se jeo mi	yeo ri
휴게시간이	**면세점이**	**열이**
休.給.細.卡.妮.	妙.塞.走.米.	有.理.

基本句型

沒有＋○○。 ○〒 04

名詞＋없^{eop seo yo}어요.
歐不 瘦 喲

沒有情人。

yeo nin eop seo yo

연인 없어요.

有．您．歐不．瘦．喲．

沒有車票。

ti ke si eop seo yo

티켓이 없어요.

提．客．細．歐不．瘦．喲．

• 替換看看 •

護照	食慾	衛生紙
yeo gwo ni	si gyo gi	hyu ji ga
여권이	식욕이	휴지가
有．郭．妮．	細．叫．幾．	休．吉．卡．

店員	自由活動時間	什麼人（都）
jeom wo ni	ja yu si ga ni	a mu do
점원이	자유시간이	아무도
窮．我．妮．	叉．友．細．哥．妮．	阿．木．土．

名詞＋**얼 마예요?**
<u>偶而</u> 馬 也 喲
eol ma ye yo

這個多少錢？

i geo eol ma ye yo

이거 얼마예요?

衣.科.<u>偶而</u>.馬.也.喲.

小孩多少錢？

eo ri ni eol ma ye yo

어린이 얼마예요?

喔.里.妮.<u>偶而</u>.馬.也.喲.

• 替換看看 •

對號座位	住一個晚上	單程
ji jeong seog	il ba ge	pyeon do
지정석	일박에	편도
奇.窮.瘦.	<u>憶兒</u>.爬.給.	騙.多.

運費	套餐	到首爾
un song ryo	ko seu neun	seo ul kka ji
운송료	코스는	서울까지
溫.鬆.留.	科.司.嫩.	首.爾.嘎.奇.

○○＋多少（錢）呢？

數量＋얼 마예요?
eol ma ye yo
偶而 馬 也 喲

全部多少錢呢？
jeon bu eol ma ye yo
전부 얼마예요?
怎.樸.偶而.馬.也.喲.

一個人多少錢呢？
han sa ram eol ma ye yo
한사람 얼마예요?
韓.莎.郎.偶而.馬.也.喲.

● **替換看看** ●

一公斤	十個	一個小時
il kil lo e	yeol gae e	han si ga ne
일킬로에	열개에	한시간에
憶兒.給.樓.愛.	友.給.愛.	韓.細.敢.內.

兩個	一天	一半
du gae e	ha ru e	jeol ba nuen
두개에	하루에	절반은
禿.給.愛.	哈.魯.也.	仇.胖.嫩.

14 ○○＋多少（錢）？ ○05

名詞（는／은）＋數量＋얼 마예요?
neun eun   eol ma ye yo
嫩   恩   偶而 馬 也 喲

註：「는/은」是表主詞的助詞。以母音收尾的詞用「는」；以子音收尾的詞用「은」。在句中表示、強調、對比、主觀的。

單人房兩個晚上多少錢呢？

sing geur rum i bag eol ma ye yo

싱글룸 이박 얼마예요?

醒.股.輪.伊.巴.<u>偶而</u>.馬.也.喲.

生魚片三人份多少錢呢？

saeng seon hoe sa min bun eol ma ye yo

생선회 삼인분 얼마예요?

先.松.會.山.音.噴.<u>偶而</u>.馬.也.喲.

● 替換看看 ●

大人／三個	雞／一隻	那／一個
eo reun / se myeong	da / kan ma ri	jeo geo / ha na e
어른／3명	닭／한마리	저거／하나에
喔.<u>輪恩</u>./水.妙.	它.／刊.馬.里.	走.口.／哈.娜.愛.

啤酒／一瓶	手機／一台	全部／三小時
maek ju / han byeong e	hyu dae jeon hwa / han dae e	jeon bu / se si ga ne
맥주／한병에	휴대전화／1대에	전부／세시간에
妹.阻.／韓.蘋.愛.	休.貼.怎.化.／韓.貼.愛.	怎.樸.／水.細.敢.內.

名詞＋부탁합니다.(부탁해요)
pu ta kam ni da　pu ta kea yo
樸 他 看 你 打 （樸 他 給 喲）

麻煩我要換錢。
hwan jeon bu ta kae yo
환전 부탁해요.
換．怎．樸．他．給．喲.

麻煩我要點菜。
ju mun bu ta kae yo
주문 부탁해요.
阻．悶．樸．他．給．喲.

● 替換看看 ●

啤酒	韓式套餐兩人份	再一張
maek ju reur	han jeong sig i in bun	han jang deo
맥주를	한정식 2인분	한장 더
妹．阻．嚕.	韓．窮．西哥．伊．音.	韓．張．透.

316號房	大人兩人	叫醒服務
sa mir yu ko sil	eo reun dur	mo ning kor
삼일육호실	어른 둘	모닝콜
沙．米兒．育．苦．吸.	喔．輪恩．土.	某．令．口爾.

20

16 可以＋○○＋嗎？

動詞도＋돼요?
do　dwae yo
土　　腿 喲

可以試穿嗎？

i beo bwa do dwae yo

입어봐도 돼요?

衣.波.爬.土.腿.喲.

可以摸一下嗎？

man jeo bwa do dwae yo

만져봐도 돼요?

滿.酒.爬.土.腿.喲.

• **替換看看** •

去	看一下	回去
ga do	bwa do	ji be ga do
가도	봐도	집에 가도
卡.土.	爬.土.	幾.杯.卡.土.

吃	休息一下	打電話
meo geo do	swi eo do	jeon hwa hae do
먹어도	쉬어도	전화해도
某.勾.土.	雖.喔.土.	怎.化.黑.土.

基本句 개본

21

do　dwae yo

名詞＋動詞도＋돼요?
土　腿　喲

可以坐這裡嗎？

yeo gi an ja do dwae yo

여기 앉아도 돼요?

有．幾．安．叉．土．腿．喲．

可以拍照嗎？

sa jin jji geo do dwae yo

사진 찍어도 돼요?

莎．親．幾．勾．土．腿．喲．

• 替換看看 •

門／打開	這個／吃	明天／打電話
mun / yeo reo do	i geo / meo geo do	nae ir / jeon hwa he do
문／열어도	**이거／먹어도**	**내일／전화해도**
悶．／有．樓．土．	衣．勾．／末．勾．土．	内．憶兒．／怎．化．黑．土．

這個／退貨	煙／抽	酒／喝
i geo / ban pum hae do	dam bae / pi wo do	su reur / ma syeo do
이거／반품해도	**담배／피워도**	**술을／마셔도**
衣．口．／胖．碰．黑．土．	談．配．／匹．我．土．	樹．路．／馬．瘦．土．

22

18 ○○＋在哪裡？ ⃝ᴛ06

名詞＋어디예요?
eo di ye yo
喔 低 也 喲

出口在哪裡？

chul gu ga eo di ye yo

출구가 어디예요?

糗.姑.卡.喔.低.也.喲.

國內線在哪裡？

guk nae seon eo di ye yo

국내선 어디예요?

哭.內.三.喔.低.也.喲.

● 替換看看 ●

公車站	兌換處	觀光諮詢服務台
beo seu ta neun go seun	hwan jeon so neun	gwan gwang an nae so neun
버스 타는 곳은	**환전소는**	**관광안내소는**
波.司.她.嫩.夠.孫.	換.怎.嫂.嫩.	狂.光.安.內.嫂.嫩.

藥局	廁所	地鐵車站
yak gu geun	hwa jang si ri	ji ha cheor yeo gi
약국은	**화장실이**	**지하철역이**
牙.姑.滾.	化.張.細.里.	奇.哈.球.有.幾.

19 給我＋○○。

名詞＋주세요.
阻 塞 喲

ju se yo

給我這個。

i geo ju se yo

이거 주세요.

衣.科.阻.誰.喲.

給我菜單。

me nyu ju se yo

메뉴 주세요.

梅.牛.阻.誰.喲.

• **替換看看** •

收據	水	藥
yeong su jeung	mur jom	yag jom
영수증	물 좀	약 좀
用.樹.真.	<u>母兒</u>.從.	牙.從.

免費報紙	路線圖	交通卡
mu ryo sin mun jom	no seon do jom	ti meo ni ka deu jom
무료신문 좀	노선도 좀	티머니카드 좀
木.料.心.悶.從.	努.松.土.從.	提.末.尼.卡.的.從.

數量＋주세요.
ju se yo
阻 塞 喲

給我三雙。
se kyeol le ju se yo
세켤레 주세요.
塞.<u>苛兒</u>.淚.阻.誰.喲.

給我一套。
han beor ju se yo
한벌 주세요.
韓.薄.阻.誰.喲.

替換看看

一袋	四張	兩杯
han ja ru	ne jang	du jan
한자루	네장	두잔
韓.叉.路.	內.張.	土.餐.

一瓶	三個	兩台
han byeong	se gae	du dae
한병	세개	두대
韓.蘋.	誰.給.	土.貼.

21 給我＋○○。

名詞＋數量＋주세요.
_{ju se yo}
阻　塞　喲

註：「名詞（를/을）＋數量＋주세요.」「를/을」是受詞助詞，表示動作的對象：以母音收尾的詞用「를」；以子音收尾的詞用「을」。

給我三張票。

pyo se jang ju se yo

표 세장 주세요.

票.塞.將.阻.誰.喲.

給我一條毛巾。

ta wor han jang ju se yo

타월 한장 주세요.

她.我.韓.將.阻.誰.喲.

● 替換看看 ●

那個／一袋	車票／四張	啤酒／兩杯
jeo geo / han ja ru	pyo reur / ne jang	maek ju reur / du jan
저거／한자루	표를／네장	맥주를／두잔
走.口./韓.夾.路.	票.魯./內.江.	妹.阻.魯./土.餐.

燒酒／一瓶	蘋果／三個	照相機／兩台
so ju reur / han byeong	sa gwa reur / se gae	ka me ra reur / du dae
소주를／한병	사과를／세개	카메라를／두대
嫂.阻.魯./韓.蘋.	莎.瓜.魯./塞.給.	卡.梅.拉.魯./土.貼.

22 請＋○○（一下）。 OT08

動詞＋주세요.
ju se yo
阻塞喲

註：這個句型中，括號裡的是助詞「動詞（아/어/해）＋주세요」。

請快一點。

seo dul leo ju se yo

서둘러 주세요.

瘦.土.拉.阻.誰.喲.

請算便宜一點。

jom kka kka ju se yo

좀 깎아 주세요.

從.咖.咖.阻.誰.喲.

● 替換看看 ●

救救我	唸	收拾
do wa	il geo	chi wo
도와	읽어	치워
土.娃.	憶兒.勾.	氣.我.

等	看	再度光臨
gi da ryeo	bo yeo	tto
기다려	보여	또
給.打.留.	普.喲.	都.

○T**08**

ju se yo
名詞＋動詞＋주세요.
阻 塞 喲

註：這個句型中，括號裡的是助詞「名詞（를/을）＋動詞（아/어/해）＋주세요」。

請給我看那個。

jeo geo seur bo yeo ju se yo

저것을 보여 주세요.

走．勾．<u>思兒</u>．普．喲．阻．誰．喲．

請加一些零錢。

jan do neur seo kkeo ju se yo

잔돈을 섞어 주세요.

餐．土．奴．瘦．勾．阻．誰．喲．

• 替換看看 •

到明洞／載	飯店／聯絡	計程車／叫
myeong dong kka ji / ga	ho te re / yeol la ke	taek si / jom bul leo
명동까지／가	호텔에／연락해	택시／좀 불러
妙．同．嘎．奇．／卡．	呼．貼．雷．／由．拉．給．	特．細．／從．普．拉．

房間／換	手／揮	醫生／叫
bang eur / ba kkwo	son / heun deu reo	ui sa reur / bul leo
방을／바꿔	손／흔들어	의사를／불러
胖．額．／爬．郭．	鬆．／恨．都．樓．	<u>烏衣</u>．莎．魯．／普．樓．

24 請（幫我）＋○○。 ○T08

hae ju se yo
動詞＋해 주세요.
黑 阻塞喲

註：這個句型中，括號裡的是助詞「動詞（아/어）＋해주세요」。

請跟我握手。

ak su hae ju se yo
악수해 주세요.
阿苦.樹.黑.阻.誰.喲.

請說明一下。

seol myeong hae ju se yo
설명해 주세요.
手.妙.黑.阻.誰.喲.

• 替換看看 •

聯絡	吻我	簽名
yeon ra (kae)	ppo ppo	sa in
연락	뽀뽀	사인
由.拉.（給.）	伯.伯.	莎.音.

換錢	預約	打電話
hwan jeon	ye ya (kae)	jeon hwa
환전	예약	전화
換.怎.	也.牙.（給.）	怎.拿.

25 請（做）+ ○○（一點）。 🔘09

形容詞 + 해 주세요.
        hae ju se yo
        黑 阻 塞 喲

請算我便宜一些。

ssa ge hae ju se yo

싸게 해 주세요.

撒．給．黑．阻．誰．喲．

請快一點。

ppal li hae ju se yo

빨리 해 주세요.

八．里．黑．阻．誰．喲．

● 替換看看 ●

（用力）輕	（用力）重	放辣
ya ka ge	gang ha ge	maep ge
약하게	강하게	맵게
牙．卡．給．	剛．哈．給．	沒．給．

弄大	個別處理	安靜
keu ge	tta ro tta ro	jo yong hi
크게	따로 따로	조용히
苦．給．	大．樓．大．樓．	抽．用．衣．

26 請（做）＋○○（一點）。

形容詞＋名詞＋해 주세요.
_{（hae ju se yo）}
黑 阻 塞 喲

請說慢一點。

cheon cheon hi mar hae ju se yo

천천히 말해 주세요.

窮．窮．衣．馬．黑．阻．誰．喲．

請包得可愛一點。

ye ppeu ge po jang hae ju se yo

예쁘게 포장해 주세요.

也．不．給．普．張．黑．阻．誰．喲．

● 替換看看 ●

再一次／確認	乾淨／打掃	慢／開車
da si han beon / hwa gin	kkae kkeu si / cheong so	cheon cheon hi / un jeon
다시 한번／확인	깨끗이／청소	천천히／운전
打．細．韓．朋．／化．金．	給．苦．細．／窮．嫂．	窮．窮．衣．／運．怎．

簡單／說明	等一下／打電話	快點／配送
gan dan ha ge / seol myeong	na jung e / jeon hwa	ppal li / bae da(rae)
간단하게／설명	나중에／전화	빨리／배달
桿．蛋．拿．給．／手．妙．	娜．中．愛．／怎．化．	八．里．／配．大．(雷.)

27 我想＋○○。

動詞고＋싶어요.
go si peo yo
姑　細 波 喲

我想吃。

meok go si peo yo
먹고 싶어요.
摸.姑.細.波.喲.

我想去。

ga go si peo yo
가고 싶어요.
卡.姑.細.波.喲.

● 替換看看 ●

買	說話	見面
sa go	i ya gi ha go	man na go
사고	이야기하고	만나고
莎.姑.	衣.呀.幾.哈.姑.	滿.娜.姑.

回去	玩	回家
do ra ga go	nol go	ji be ga go
돌아가고	놀고	집에 가고
土.拉.卡.姑.	農.姑.	幾.杯.卡.姑.

名詞＋動詞고＋싶어요.
^{go} ^{si peo yo}
姑　　細 波 喲

我想吃泡菜。

gim chi reur meok go si peo yo

김치를 먹고 싶어요.

金母.氣.魯.摸.姑.細.波.喲.

我想去韓國。

han gu ge ga go si peo yo

한국에 가고 싶어요

韓.姑.給.卡.姑.細.波.喲.

替換看看

包包／買	流利／說得	她／見
ga bang eur / sa go	ja yu rop ge / mal ha go	geu nyeo reu / man na go
가방을／사고	자유롭게／말하고	그녀를／만나고
卡.胖.兒.／莎.姑.	叉.友.樓普.給.／馬.拉.姑.	哭.牛.魯.／滿.娜.姑.

臉部／按摩	家／回	電玩／玩
eol gu / ma sa ji ha go	ji be / do ra ga go	ge i meur / ha go
얼굴／마사지하고	집에／돌아가고	게임을／하고
偶兀.骨.／馬.莎.奇.哈.姑.	幾.杯.／土.拉.卡.姑.	給.衣.某爾.／哈.姑.

33

○○＋如何呢？　　　OT **10**

eo ddae yo
名詞＋어때요?
喔 跌 喲

> 註：這個句型中，括號裡的是助詞「名詞（는/은）＋어때요?」。
> 「는/은」是表示主詞的助詞。以母音收尾的詞用「는」；以子音
> 收尾的詞用「은」。在句中表示，強調、對比、主觀的。

身體狀況如何呢？

yo jeum eo ttae yo
요즘 어때요?
喲 . <u>酒母</u> . 喔 . 跌 . 喲 .

烤肉如何呢？

bul go gi neun eo ttae yo
불고기는 어때요?
普 . 姑 . 給 . 嫩 . 喔 . 跌 . 喲 .

● 替換看看 ●

天氣	領帶	旅行
nal ssi neun	nek ta i neun	yeo haeng eun
날씨는	넥타이는	여행은
<u>那兒</u> . 西 . 嫩 .	內 . 她 . 衣 . 嫩 .	喲 . 狠 . 運 .

味道	韓國	星期日
ma seun	han gu geun	i ryo i reun
맛은	한국은	일요일은
馬 . 孫 .	韓 . 姑 . 滾 .	伊 . 溜 . 衣 . 論 .

30 可以＋○○嗎？

動詞ㄹ／을수＋있어요?
兒　烏樹　衣手喲

r　eur su　i sseo yo

註：「語幹末是母音或收尾音為ㄹ＋ㄹ수 있어요?」／「語幹末是子音＋을수 있어요?」

可以說（韓語）嗎？

han gu geo har su i sseo yo

한국어 할 수 있어요?

韓.庫.勾.哈兒.樹.衣.手.喲.

可以碰面嗎？

man nar su i sseo yo

만날 수 있어요?

罵.那兒.樹.衣.手.喲.

• 替換看看 •

搭乘	修改	郵寄
tar su	go chir su	bo naer su
탈 수	고칠 수	보낼 수
塔兒.樹.	姑.妻兒.樹.	普.內兒.樹.

保管	唸	吃
mat gir su	il geur su	meo geur su
맡길 수	읽을 수	먹을 수
馬.幾兒.樹.	憶.古兒.樹.	末.古兒.樹.

可以＋○○嗎？　　　　　○т **11**

名詞＋動詞 ᄅ／을수＋있어요?
　　　　　　r　eur su　i sseo yo
兒　　烏 樹　　衣 手 喲

會説韓語嗎？

han gu geo reur har su i sseo yo

한국어를 할 수 있어요?

韓．姑．勾．魯．哈兒．樹．衣．手．喲．

有辦法便宜買嗎？

ssa ge sar su i sseo yo

싸게 살 수 있어요?

沙．給．沙兒．樹．衣．手．喲．

• 替換看看 •

卡／刷	洗衣機／洗	巴士／坐
ka deu / sseur su	se tak gi ro / ppar su	beo seu ro / gar su
카드／쓸 수	세탁기로／빨 수	버스로／갈 수
卡．都．／思兒．樹．	塞．他．幾．樓．／八兒．樹．	波．司．樓．／卡兒．樹．

接／我	八點／來	打／國際電話
ma jung / na or su	yeo deol si e / or su	guk je jeon hwa / har su
마중／나올 수	여덟시에／올 수	국제전화／할 수
馬．中．／娜．喔兒．樹．	有．毒．細．也．／喔兒．樹．	哭．姊．怎．化．／哈兒．樹．

32 不會（不可以）＋○○。 ○11

動詞지 ＋ 못 해요.
　　ji　　mo tae yo
　　雞　　摸 貼 喲

不會寫。

sseu ji mo tae yo

쓰지 못 해요.

書．雞．摸．貼．喲．

不會唸。

ik ji mo tae yo

읽지 못 해요.

伊．雞．摸．貼．喲．

● 替換看看 ●

可以去	可以吃	可以睡
ga ji	meok ji	jam ja ji
가지	**먹지**	**잠자지**
卡．雞．	末客．雞．	招．叉．雞．

可以進去	可以等	可以做
deu reo ga ji	gi da ri ji	man deul ji
들어가지	**기다리지**	**만들지**
都．樓．卡．雞．	幾．打．里．雞．	慢．毒．雞．

33 不會＋○○。

名詞＋動詞지＋못 해요.
ji mo tae yo
　　　　　　雞　　摸 貼 喲

沒辦法搭公車去。

beo seu ro neun ga ji mo tae yo

버스로는 가지 못 해요.

波.司.樓.嫩.卡.雞.摸.貼.喲.

不會説韓語。

han gu geo neun ha ji mo tae yo

한국어는 하지 못 해요.

韓.姑.勾.嫩.哈.雞.摸.貼.喲.

● 替換看看 ●

開(車)／可以	酒／可以喝	貴的／可以買
un jeon / ha ji	su reun / ma si ji	bi ssa seo / sa ji
운전／하지	술은／마시지	비싸서／사지
運.怎.／哈.雞.	樹.論.／馬.細.雞.	皮.沙.瘦.／莎.雞.

辣的／可以吃	行李／可以提	理解／可以
mae wo seo / meok ji	ji meur / deul ji	i hae / ha ji
매워서／먹지	짐을／들지	이해／하지
每.我.瘦.／末客.雞.	吉.姆.／土.雞.	衣.黑.／哈.雞.

34 我丟了＋○○。

動詞을/를＋분실했어요.
eul reul bun sil hae sseo yo
爾 魯 噴 吸 淚 手 喲

我丟了鑰匙。

yeol soe reur bun sil hae sseo yo

열쇠를 분실했어요.

友.塞.魯.噴.吸.淚.手.喲.

我丟了錢包。

ji ga beur bun sil hae sseo yo

지갑을 분실했어요.

奇.甲.普.噴.吸.淚.手.喲.

基本句型

● 替換看看 ●

手提包	護照	行李
ga bang eur	yeo gwo neur	ji meur
가방을	여권을	짐을
卡.胖.兒.	喲.郭.努兒.噴.吸.淚.手.喲.	幾.門兒.

雨傘	手機	外套
wu sa neur	hyu dae jeon hwa reur	ko teu reur
우산을	휴대전화를	코트를
屋.沙.魯.	休.貼.怎.化.魯.	科.的.魯.

第 2 步

韓國人 最愛用的寒暄語

PART 2

早安！

an nyeong

안녕!

安.<u>生恩</u>.

早安！你好！

an nyeong ha se yo

안녕하세요?

安.<u>生恩</u>.哈.誰.喲.

晚安！

an nyeong hi ju mu se yo

안녕히 주무세요.

安.<u>生恩</u>.衣.阻.木.誰.喲.

請好好休息！

pyeon hi swi se yo

편히 쉬세요.

騙.衣.書.誰.喲.

好久不見了！

o raen ma ni gu na

오랜만이구나.

喔.蓮.馬.妮.姑.那.

您最近可好！

geon gang ha se yo

건강하세요?

滾.幹.哈.誰.喲.

道別　　　　　OT**13**

再見！慢走！（對離開的人說）

an nyeong hi ga se yo

안녕히 가세요.

安.<u>生恩</u>.衣.卡.誰.喲.

再見！一切平安！（對留下的人說）

an nyeong hi ge se yo

안녕히 계세요.

安.<u>生恩</u>.衣.給.誰.喲.

（明天）再見！

nae ir tto bwa yo

(내일)또 봐요.

內.<u>憶兒</u>.都.拔.喲.

43

再見面吧！

tto man nap si da

또 만납시다.

都.罵.<u>拿布</u>.細.打.

多保重！

geon gang ha se yo

건강하세요.

滾.幹.哈.誰.喲.

我會和你聯絡。

yeon ra kal ge yo

연락할게.

<u>用恩</u>.拉.卡兒.給.喲.

---

3 回答　　　　　　　　⊙13

是。

ne / ye

네．／예.

內．／也.

不是。

a nyo / a ni yo

아뇨./아니요.

阿.牛./阿.妮.喲.

是的。

ne geu reot seum ni da

네,그렇습니다.

內.古.樓.師母.妮.打.

我知道了。

al ge sseo yo

알겠어요.

阿兒.給.手.喲.

我不知道。

mo reu ge sseo yo

모르겠어요.

母.路.給.手.喲.

是，麻煩啦！

ne bu ta kae yo

네,부탁해요.

內.樸.他.給.喲.

不，不用了！

a ni yo dwae sseo yo

아니요, 됐어요.

阿.妮.喲.腿.手.喲.

---

4 道謝 OT 14

謝謝。

go ma wo yo

고마워요.

夠.馬.我.喲.

非常感謝。

gam sa ham ni da

감사합니다.

卡母.莎.航.妮.打.

我很高興！

gi ppeo yo

기뻐요.

幾.撥.喲.

我很快樂！

jeul geo wo yo

즐거워요.

仇.勾.我.喲.

您辛苦啦！

su go ha syeo sseo yo

수고하셨어요.

樹.夠.哈.羞.手.喲.

真是幫了大忙，謝謝。

sa ra sseo yo jeong mar go ma wo yo

살았어요! 정말 고마워요!

沙.拉.手.喲.窮.馬.夠.馬.我.喲.

---

5 道歉　　　○14

對不起。

mi an hae yo

미안해요.

迷.安.黑.喲.

請原諒我。

yong seo hae ju se yo

용서해 주세요.

永.瘦.黑.阻.誰.喲.

非常抱歉。

joe song ham ni da

죄송합니다.

吹.鬆.航.妮.打.

給您添麻煩了。

pye ma ni kki cheot seum ni da

폐 많이 끼쳤습니다.

評.馬.妮.忌.秋.師母.妮.打.

失禮了。

sil le haet seum ni da

실례 했습니다.

吸.淚.內.師母.妮.打.

沒關係的。

gwaen cha na yo

괜찮아요.

跪.恰.那.喲.

寒暄語

請問一下。

mwo jom mu reo bwa do dwae yo

뭐 좀 물어봐도 돼요?

某.從.木.樓.拔.土.腿.喲.

是，有什麼事嗎？

ne mal sseum ha se yo

네, 말씀하세요.

內.馬.順.哈.誰.喲.

這是什麼？

i geo si mwo ye yo

이것이 뭐예요?

衣.勾.細.某.也.喲.

現在幾點呢？

ji geum myeot si ye yo

지금 몇시예요?

奇.滾.司.細.也.喲.

車站在那裡？

yeo geun eo di ye yo

역은 어디예요?

有.滾.喔.低.也.喲.

吃過飯了嗎？

bab meo geo sseo yo

밥 먹었어요？

旁.末.勾.手.喲.

7800韓元。

chil cheon pal bae gwon im ni da

칠천팔백원입니다.

七.窮.<u>怕兒</u>.配.鍋.因.妮.打.

給我一人份。

i rin bun ju se yo

일인분 주세요.

衣.吾.噴.阻.誰.喲.

給我9個橘子。

gyur a hop gae ju se yo

귤 아홉개 주세요.

舊.阿.虎.給.阻.誰.喲.

給我兩瓶啤酒。

maek ju du byeong ju se yo

맥주 두병 주세요.

妹.阻.讀.蘋.阻.誰.喲.

20歲。

seu mu sa ri e yo

스무살이에요.

司.木.莎.里.也.喲.

三位。

se myeong i ye yo

세명이에.

誰.妙.衣.也.喲.

---

8 請求

OT**15**

請幫我介紹一下。

so gae hae ju se yo

소개해 주세요.

嫂.給.黑.阻.誰.喲.

請給我這本書。

i chae geur ju se yo

이 책을 주세요.

衣.切.古兒.阻.誰.喲.

請寫在這裡。

yeo gi e sseo ju se yo

여기에 써 주세요.

有.幾.也.手.阻.誰.喲.

請幫我帶路。

an nae hae ju se yo

안내해 주세요.

安.內.黑.阻.誰.喲.

請等一下。

jam kkan man yo

잠깐만요.

招.看.罵.喲.

請吃。

deu se yo

드세요.

的.誰.喲.

自我介紹 1 ○**15**

初次見面。

cheo eum boep get seum ni da

처음 뵙겠습니다.

醜.恩.陪.給.師母.妮.打.

很高興見到您。

man na seo ban gap seum ni da

만나서 반갑습니다.

罵.那.瘦.胖.卡普.師母.妮.打.

我叫○○。

jeo neun ○○ra go ham ni da

저는 ○○라고 합니다.

走.嫩.○○.拉.夠.航.妮.打.

我來自○○。

○○e seo wat seum ni da

○○에서 왔습니다.

○○.也.瘦.娃.師母.妮.打.

我住在○○。

○○e sam ni da

○○에 삽니다.

○○.也.山母.妮.打.

我第一次到韓國。

han gu geun cheo eum im ni da

한국은 처음입니다.

韓.姑.滾.醜.恩.因.妮.打.

---

10 自我介紹 2 ⊙16

我是上班族。

jeo neun hoe sa wo nim ni da

저는 회사원 입니다.

走.嫩.會.莎.我.<u>你母</u>.妮.打.

你來自哪個國家？

eo neu na ra e seo wa sseo yo

어느 나라에서 왔어요?

喔.呢.那.拉.也.瘦.娃.手.喲.

我還沒結婚。

jeo neun gyeol hon an hae sseo yo

저는 결혼 안했어요.

走.嫩.<u>勾兒</u>.紅.安.黑.手.喲.

請告訴我電話號碼。

jeon hwa beon ho reur al lyeo ju se yo

전화번호를 알려주세요.

怎.化.崩.呼.路.<u>阿兒</u>.溜.阻.誰.喲.

請告訴我網址。

i me ir ju so reur al lyeo ju se yo

이메일 주소를 알려주세요.

衣.梅.憶兒.阻.嫂.路.<u>阿兒</u>.溜.阻.誰.喲.

請多多指教。

jar bu ta kam ni da

잘 부탁합니다.

<u>彩兒</u>.樸.他.看.妮.打.

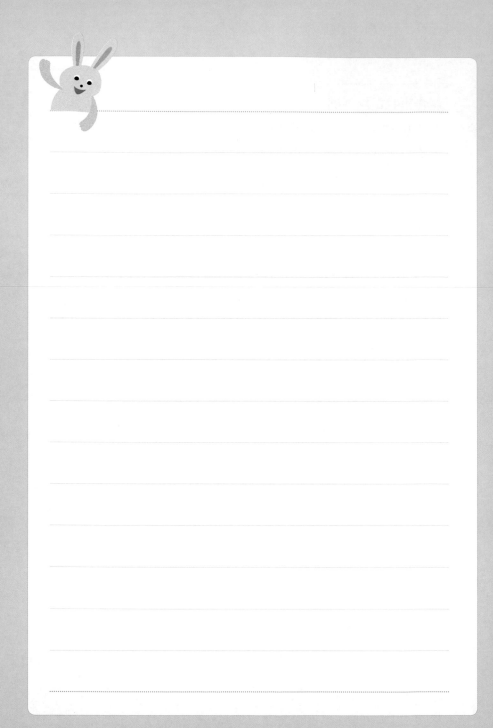

第3步

旅遊會話

PART 3

1 ○○＋在哪裡？　　　　　　　○17

名詞＋어디예요?
eo di ye yo
喔 低 也 喲

我的座位	商務客艙	經濟艙
je ja ri neun	bi jeu ni seu keul lae seu	i ko no mi keul lae seu neun
제 자리는	비즈니스 클래스	이코노미클래스는
借·叉·里·嫩	比·子·妮·思·苦兒·雷·思·	衣·庫·努·米·苦兒·雷·思·嫩·

洗手間	緊急出口
hwa jang si ri	bi sang gu
화장실이	비상구
化·張·細·里·	比·商·姑·

• 例句•

可以借過一下嗎？

jom ji na ga ge hae ju si get seum ni kka

좀 지나가게 해주시겠습니까?

從·吉·那·卡·給·黑·阻·細·給·師母·妮·嘎·

可以換一下座位嗎？

ja ri jom ba kkwo ju sir su eop seul kka yo

자리 좀 바꿔주실 수 없을까요?

插·里·從·爬·鍋·阻·吸·樹·歐不·誰·嘎·喲·

可以坐這個座位嗎？

i ja ri e an ja do doe na yo

이 자리에 앉아도 되나요?

衣.叉.里.也.安.叉.土.腿.那.喲.

行李放不進去。

ji mi an deu reo ga yo

짐이 안 들어가요.

幾.米.安.都.樓.哥.喲.

我的椅子可以往後躺嗎？

si teu reur jom nu pyeo do dwae yo

시트를 좀 눕혀도 돼요?

細.特.魯.從.努.票.土.腿.喲.

可以去上廁所嗎？

hwa jang si re ga do doel kka yo

화장실에 가도 될까요?

化.張.細.淚.卡.土.腿.嘎.喲.

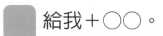

給我＋○○。 ⊙ T **18**

名詞＋ju se yo
주세요.
阻 塞 喲

飲料	咖啡	毛毯
eum ryo su	keo pi jom	dam nyo jom
음료수	커피 좀	담요 좀
<u>恩母</u>.料.樹	卡.匹.從.	談.牛.從.

地圖	雞肉	葡萄酒
ji do jom	chi ki neur	wa i neur
지도 좀	치킨을	와인을
吉.土.從.	氣.忌.奴.	娃.衣.奴.

• 例句 •

請給我飲料。

eum nyo su ju se yo

음료수 주세요.

<u>恩母</u>.牛.樹.阻.誰.喲.

請給我白葡萄酒。

white wa i neur ju se yo

화이트 와인을 주세요.

化.伊.特.娃.音.奴.阻.誰.喲.

我要牛肉。

so go gi ro bu ta kae yo

소고기로 부탁해요.

嫂.姑.給.樓.樸.他.給.喲.

您要喝紅茶嗎？

hong cha deu si ge sseo yo

홍차 드시겠어요?

紅.擦.都.細.給.手.喲.

請再給我一杯。

han jan deo ju se yo

한잔 더 주세요.

韓.餐.投.阻.誰.喲.

請給我毛巾。

dam nyo ju se yo

담요 주세요.

談.牛.阻.誰.喲.

有＋○○＋嗎？

名詞＋있어요？
i sseo yo
衣 手 喲

報紙	英文雜誌	感冒藥
sin mun	yeong eo jap ji	gam gi yag
신문	영어 잡지	감기약
心.悶.	用.喔.<u>夾普</u>.吉.	<u>卡母</u>.幾.牙.

暈車藥	入境卡
meol mi yag	ip guk ka deu
멀미약	입국카드
<u>末兒</u>.米.牙.	<u>衣樸</u>.哭.卡.的.

•例句•

給我入境卡。
ip guk ka deu ju se yo
입국카드 주세요.
<u>衣樸</u>.哭.卡.的.阻.誰.喲.

我身體不舒服。
mo mi an jo a yo
몸이 안 좋아요.
母.米.安.秋.阿.喲.

我肚子疼。

bae ga a pa yo

배가 아파요.

配.卡.阿.怕.喲.

現在我們在哪裡？

ji geum eo di ye yo

지금 어디예요?

吉.滾.喔.低.也.喲.

幾點到達呢？

myeot si e do cha kae yo

몇시에 도착해요?

妙.細.愛.都.擦.給.喲.

4 在入境海關

您來訪的目的是什麼呢？

bang mun mok jeo gi mwo ye yo

방문목적이 뭐예요?

胖.悶.某.走.幾.某.也.喲.

是＋○○。

○ **20**

名詞＋예요. ／名詞（이）＋에요.
ye yo 也喲　　　i 衣　　e yo 愛喲

開會	觀光	留學
hoe ui	gwan gwang i	yu ha gi
회의	관광이	유학이
會.<u>烏衣</u>.	光.狂.衣.	友.哈.幾.

工作	出差	拜訪朋友
i ri	chul jang i	chin gu bang mu ni
일이	출장이	친구방문이
衣.里.	出.張.衣.	親.姑.胖.木.妮.

• 例句 •

請讓我看一下護照跟機票。

yeo gwon gwa ip guk ka deu reur bo yeo ju se yo

여권과 입국카드를 보여 주세요.

喲.滾.瓜.<u>衣樸</u>.哭.卡.的.魯.普.喲.阻.誰.喲.

請讓我看一下護照。

pae seu po teu reur bo yeo ju se yo

패스포트를 보여 주세요.

配.思.普.特.路.普.有.阻.誰.喲.

好的，請。

ne yeo gi i sseo yo

네, 여기 있어요.

內,由.幾.衣.手.喲.

請在八號窗口前排隊。

pal beon chang gu e ju reul seo ju se yo

팔번 창구에 줄을 서 주세요.

怕兒.崩.搶.姑.也.阻.魯.瘦.阻.誰.喲.

請看這邊的照相機。

ka me ra reur bwa ju se yo

카메라를 봐 주세요 .

卡.梅.拉.路.拔.阻.誰.喲.

請將食指按在這裡。（指紋採樣時）

jip ge son ga ra geur yeo gi e ol lyeo ju se yo

집게 손가락을 여기에 올려 주세요.

幾.給.松.卡.拉.古兒.有.幾.也.喔.溜.阻.誰.喲.

請看這邊。（存錄個人臉部影像資料時）

i jjo geur bwa ju se yo

이쪽을 봐 주세요.

衣．秋．<u>古兒</u>．拔．阻．誰．喲．

好的，這樣可以了。

dwae sseo yo

됐어요.

腿．手．喲．

5 入境的目的

您預定停留多久？

eol ma dong an che ryu ha sir ye jeong i e yo

얼마동안 체류하실 예정이에요?

<u>偶而</u>．馬．同．安．切．流．哈．吸．也．窮．伊．愛．喲．

是＋○○。

OT**21**

名詞＋예요. ／ 名詞 （이） ＋에요.

　　　ye yo 　　　　　 i 　　 e yo

　　也 喲 　　　　　衣 　 愛 喲

五天 o il ga ni 오일간이 喔.<u>憶兒</u>.卡.妮.	**三天** sa mil ga ni 삼일간이 莎.<u>密兒</u>.卡.妮.	**一星期** il ju i ri 일주일이 <u>憶兒</u>.阻.衣.里.
一個月 il gae wo ri 일개월이 <u>憶兒</u>.給.我.里.	**十天** si bil ga ni 십일간이 細.比.卡.妮.	

一起飛去韓國啦！

• **例句**•

你從事什麼工作？
ji geo bi mwo ye yo
직업이 뭐예요?
幾.勾.比.某.也.喲.

（我）是＋○○。

名詞＋예요. ／ 名詞（이）＋에요.
　　　 ye yo 　　　　　　 i 　　 e yo
　　　 也 喲 　　　　　　 衣 　 愛 喲

家庭主婦	醫生	學生
ju bu	ui sa	hak saeng i
주부	의사	학생이
阻.樸.	烏衣.莎.	哈.先.衣.

老師	公司職員
seon saeng ni mi	hoe sa wo ni
선생님이	회사원이
松.先.你.米.	會.莎.我.妮.

• **例句**•

一起的嗎？
il haeng i e yo
일행이에요?
憶兒.連.衣.也.喲.

住在哪裡呢？

eo di e che ryu ham ni kka

어디에 체류합니까？

喔.低.也.切.流.航.妮.嘎.

住在○○飯店。

○○ ho te re muk seum ni da

○○호텔에 묵습니다.

○○.呼.貼.淚.夢.<u>師母</u>.妮.打.

有東西要申報的嗎？

sin go har geo seun eop seo yo

신고할 것은 없어요.

心.姑.哈.勾.順.<u>歐不</u>.瘦.喲.

不，沒有。

a ni yo eop seo yo

아니요, 없어요.

阿.尼.喲.<u>歐不</u>.瘦.喲.

沒有，沒有什麼要申報的。

a ni o a mu geot do eop seo yo

아니오,아무 것도 없어요.

阿.妮.喔,阿.木.勾.土.<u>歐不</u>.瘦.喲.

是日常用品跟禮物。

saeng hwar yong pum ha go seon mu ri e yo

생활용품하고 선물이에요.

先.<u>化兒</u>.用.<u>撲母</u>.哈.夠.松.木.里.也.喲.

我的行李沒有出來。

ji mi an na wa yo

짐이 안 나와요.

吉.米.安.娜.娃.喲.

請在這裡填寫聯絡地址。

i jjog e yeon rak cheo reur gi i pae ju se yo

이쪽에 연락처를 기입해 주세요.

衣.秋.也.又.拉.醜.路.幾.衣.配.阻.誰.喲.

我想換錢。

hwan jeon eur ha go si peun de yo

환전을 하고 싶은데요.

換.怎.額.哈.夠.細.噴.爹.喲.

今天的匯率是多少呢？

o neu re hwan yu reun eol ma ye yo

오늘의 환율은 얼마예요?

喔.呢.淚.換.友.<u>輪恩</u>.<u>偶而</u>.馬.也.喲.

70

有多少韓元呢？

won hwa ro eol ma ba kkul su i sseo yo

원화로 얼마 바꿀수 있어요?

旺.化.樓.<u>偶而</u>.馬.爬.<u>哭兒</u>.樹.衣.手.喲.

幫我加些零錢。

jan don do seo kkeo ju se yo

잔돈도 섞어 주세요.

餐.洞.土.瘦.哥.阻.誰.喲.

幫我加些硬幣。

dong jeon do seo kkeo ju se yo

동전도 섞어 주세요.

同.怎.土.瘦.哥.阻.誰.喲.

請給我看一下護照。

yeo gwon bo yeo ju se yo

여권 보여 주세요.

有.鍋.普.有.阻.誰.喲.

○○＋多少（錢）呢？

●22

eol ma ye yo
數量＋얼마예요?
偶而 馬 也 喲

一晚	一個人	兩張單人床房間	一張雙人床房間
il ba ge	han sa ram	teu wi neun	deo beu reun
일박에	한사람	트윈은	더블은
憶兒.爬.給.	韓.莎.郎.	特.為.嫩.	朵.笨.輪恩.

單人床房間	這個房間	總統套房	兩個人
sing geu reun	i bang eun	seu wi teu ru meun	du ri seo
싱글은	이 방은	스위트 룸은	둘이서
性.古.輪恩.	衣.胖.運.	思.為.特.魯.運.	讀.里.瘦.

• 例句•

我要住宿登記。

che keu in hae ju se yo
체크인 해 주세요.
切.苦.音.黑.阻.誰.喲.

我有預約。

ye ya kae sseo yo
예약했어요.
也.牙.給.手.喲.

我已經預約好了，叫○○。

ye ya kan○○ im ni da

예약한 ○○입니다.

也.牙.刊.○○.因.妮.打.

您貴姓大名。

seong ha mi mwo ye yo

성함이 뭐예요?

松.哈.米.某.也.喲.

一晚多少錢？

il ba ge eol ma ye yo

일박에 얼마예요?

<u>憶兒</u>.爬.給.<u>偶而</u>.馬.也.喲.

有附早餐嗎？

a chim sik sa po ham dwae i sseo yo

아침식사 포함돼 있어요?

阿.<u>七母</u>.西.莎.普.航.腿.衣.手.喲.

早餐幾點開始呢？

a chim sik sa neun myeot si bu teo hae yo

아침식사는 몇 시부터해요?

阿.<u>七母</u>.西.莎.嫩.妙.細.樸.拖.黑.喲.

幾點退房呢？

che keu a u seun myeot si ye yo

체크아웃은 몇 시예요？

切.苦.阿.無.順.妙.細.也.喲.

我要退房。

che keu a u tae ju se yo

체크아웃해 주세요.

切.苦.阿.惡.貼.阻.誰.喲.

2 享受服務

■ 請＋○○。 ○23

名詞＋動詞（아/어/해）＋주세요.

a eo he

ju se yo

阿 喔 哈　　　阻 塞 喲

熨斗／借我

da ri mi reur / bil lyeo

다리미 (를) ／빌려

打.里.米.路.／比.溜.

行李／搬運

ji meur / nal la

짐(을)／ 날라

吉.門兒.／那.拉.

地方／告訴我	使用方法／教
jang so reur / ga reu chyeo	sa yong beo beur / ga reu chyeo
장소 (를) ／ 가르쳐	사용법(을)／ 가르쳐
張.嫂.路./卡.路.臭.	莎.喇.用.破.布兒./卡.路.臭.

• 例句 •

可以幫我保管貴重物品嗎？

gwi jung pu meur mat gir su i sseul kka yo

귀중품을 맡길 수 있을까요?

桂.中.噴.門兒.馬.幾.樹.乙.思.嘎.喲.

我想要寄放行李。

ji meur mat gi go si peun de yo

짐을 맡기고 싶은데요.

吉.門兒.馬.幾.夠.細.噴.爹.喲.

我要叫醒服務。

mo ning kor bu ta kae yo

모닝콜 부탁해요.

某.令.口.樸.他.給.喲.

請借我加濕器。

ga seup gi jom bil lyeo ju se yo

가습기 좀 빌려 주세요.

卡.濕.氣.從.比.溜.阻.誰.喲.

請借我熨斗。

da ri mi bil lyeo ju se yo

다리미 빌려 주세요.

打.里.米.比.溜.阻.誰.喲.

有會説中文的人嗎？

jung gu geo har jur a neun sa ram i sseo yo

중국어 할 줄 아는 사람 있어요?

中.姑.勾.哈.珠兒.阿.能.莎.郎.衣.手.喲.

附近有便利商店嗎？

geun cheo e pyeo ni jeo mi i sseo yo

근처에 편의점이 있어요?

滾.醜.也.騙.妮.走.米.衣.手.喲.

可以使用網路嗎？

in teo net dwae yo

인터넷 돼요？

音.拖.內.腿.喲.

附近有好吃的餐廳嗎？

geun cheo e ma si neun eum sik jeo mi i sseo yo

근처에 맛있는 음식점이 있어요？

滾.醜.也.馬.細.嫩.恩.西.走.米.衣.手.喲.

幫我叫計程車。

taek si reur bul leo ju se yo

택시를 불러 주세요.

貼客.細.路.普.漏.阻.誰.喲.

緊急出口在哪裡？

bi sang gu neun eo di ye yo

비상구는 어디예요?

皮.商.姑.能.喔.低.愛.喲.

3 在飯店遇到麻煩

請（幫我）＋○○。　　　　　　　ＯＴ**24**

名詞（eur reur 을/를）＋**動詞**（a eo he 아/어/해）＋ju se yo 주세요.
　　　爾 路　　　　　　　　阿 喔 哈　　　阻 塞 喲

房間／更換	毛巾／更換
bang eur / ba kkwo	ta wo reur / ba kkwo
방(을)／바꿔	타월(을)／바꿔
胖.額. ／爬.鍋.	他.我.路. ／爬.鍋.

77

<table>
<tr>
<td>
床單／更換

si teu reur / ka ra

시트(를)／갈아

細.特.路.／卡.拉.
</td>
<td>
醫生／叫喚

ui sa reur / bul leo

의사(를)／불러

<u>烏衣</u>.莎.路.／普.漏.
</td>
</tr>
</table>

• 例句 •

怎麼了嗎？

mu seun i ri sim ni kka

무슨 일이십니까?

木.順.衣.里.心.妮.嘎.

鑰匙不見了。

ki reu ri reo beo ryeo sseo yo

키를 잃어버렸어요.

幾.魯.一.樓.波.留.手.喲.

熱水不夠熱。

mu ri neo mu mi ji geun han de yo

물이 너무 미지근한데요.

母.里.娜.木.米.基.滾.韓.爹.喲.

廁所沒有水。

byeon gi e mu ri an na o neun de yo

변기에 물이 안 나오는데요.

品.幾.也.母.里.安.娜.喔.能.爹.喲.

沒有熱水。

tteu geo un mu ri an na wa yo

뜨거운 물이 안 나와요.

度.勾.恩.木.里.安.那.娃.喲.

電視打不開。

tel le bi jeo ni kyeo ji ji a na yo

텔레비전이 켜지지 않아요.

貼.淚.比.走.妮.苛.吉.奇.阿.那.喲.

房間好冷。

bang i chu wo yo

방이 추워요.

胖.衣.醋.我.喲.

隔壁的人很吵。

yeop bang i si kkeu reo un de yo

옆 방이 시끄러운데요.

由.胖.衣.細.哭.了.恩.爹.喲.

幫我換別的房間。

da reun bang eu ro ba kkuo ju se yo

다른 방으로 바꿔 주세요.

打.輪恩.胖.屋.樓.爬.郭.阻.誰.喲.

房間的電燈沒辦法打開。

bang e bu ri an kyeo ji neun de yo

방에 불이 안 켜지는데요.

胖.也.普.里.安.苛.基.能.爹.喲.

房間的燈打不開。

bu ri an kyeo jeo yo

불이 안 켜져요.

普.利.安.苛.走.喲.

1 預約餐廳

是＋○○。

OT 25

名詞＋예요./名詞（이）＋에요.
ye yo i e yo
也 喲 衣 愛 喲

今晚 7 點／兩位

o neur jeo nyeog il gop si / du myeong i

오늘 저녁 일곱시／두명 이

喔.奴.走.內.<u>憶兒</u>.姑普.細.／讀.妙.衣.

明晚 8 點／四位

nae ir bam yeo deol si / ne myeong i

내일 밤 여덟시／네명 이

內.<u>憶兒</u>.旁.有.毒.細.／內.妙.衣.

今天 6 點／三位

o neur yeo seot si / se myeong i

오늘 여섯시／세명 이

喔.奴.有.搜.細.／誰.妙.衣.

• 例句 •

我們有三個人，有位子嗎？

se myeong in de ja ri ga i sseo yo

세명인데, 자리가 있어요?

誰.妙.晉.爹.叉.里.卡.衣.手.喲.

要等多久？

eo neu jeong do gi da ryeo ya dwae yo

어느 정도 기다려야 돼요?

喔．呢．窮．土．奇．打．溜．雅．腿．喲.

我要窗邊的座位。

chang ga ja ri ga jo eun de yo

창가 자리가 좋은데요.

搶．卡．叉．里．卡．秋．運．爹．喲.

有個室的嗎？

bang i i sseo yo

방이 있어요?

胖．衣．衣．手．喲.

套餐要多少錢？

ko seu neun eol ma ye yo

코스는 얼마예요?

科．司．能．偶而．馬．也．喲.

82

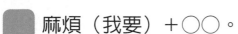

2 開始叫菜囉

麻煩（我要）＋○○。

OT 26

名詞＋**부탁합니다.**
pu ta kam ni da
樸 他 看 你 打

預約	七點	算帳
ye yak	il gop si e	gye san
예약	일곱시에	계산
也·牙.	憶兒·姑普·細·也.	給·三.

確認	快一點	換錢
hwa gin	ppal li	hwan jeon
확인	빨리	환전
化·金.	巴·里.	換·怎.

•例句•

你好。 an nyeong ha se yo **안녕하세요.** 安·生恩·哈·誰·喲.
歡迎光臨。 eo seo o se yo **어서 오세요.** 喔·瘦·喔·誰·喲.

有不辣的料理嗎？

maep ji aneun geo i sseo yo

맵지않은 거 있어요?

梅.吉.安.運.勾.衣.手.喲.

有的。

ne i sseo yo

네, 있어요.

內，衣.手.喲.

麻煩我要點菜。

ju mu neur bu ta kam ni da

주문을 부탁합니다.

阻.木.奴.樸.他.看.妮.打.

不要太辣。

deor maep ge hae ju se yo

덜 맵게 해주세요.

嘟.梅.給.黑.阻.誰.喲.

給我熱毛巾。

mul su geon ju se yo

물수건 주세요.

母.樹.滾.阻.誰.喲.

給我筷子。

jeot ga ra geur ju se yo

젓가락을 주세요.

<u>走特</u>.卡.拉.<u>古兒</u>.阻.誰.喲.

給我一套筷子湯匙組。

jeot ga ra ka go su jeo ju se yo

갓가락하고 수저 주세요.

<u>走特</u>.卡.拉.卡.夠.樹.走.阻.誰.喲.

我要點這個

有＋○○＋嗎？

OT**27**

名詞＋있어요?
衣 手 喲

i sseo yo

泡菜火鍋	韓國定食	拉麵
gim chi jji gae	han jeong si g	ra myeo n
김치찌개	한정식	라면
<u>金母</u>.氣.飢.給.	韓.窮.細.幾.	拉.麵.

韓式刀削麵	便當	韓國拌飯
kal guk su	do si ra g	bi bim ba b
칼국수	도시락	비빔밥
卡兒.哭.樹.	土.細.拉.幾.	比.冰.爬.比.

•例句•

服務生。

jeo gi yo

저기요.

走.給.喲

我想點菜。

yeo gi ju mun ba deu se yo

여기 주문 받으세요.

由.幾.阻.悶.爬.的.誰.喲.

我想點菜。

ju mun hal kke yo

주문 할께요.

阻.悶.哈兒.給.喲.

給我看菜單。

me nyu reur bo yeo ju se yo

메뉴를 보여 주세요.

梅.牛.魯.普.喲.阻.誰.喲.

有什麼推薦的？

jal ha neun ge mwo jo

잘하는 게 뭐죠?

洽.拉.能.給.某.酒.

我想吃韓國料理。

han gung yo ri ga meok go si peo yo

한국요리가 먹고 싶어요.

韓.宮.有.里.卡.摸.夠.細.波.喲.

我想吃道地的烤肉跟泡菜。

jeon tong je gin bul go gi wa gim chi reur meok go si peo yo

전통적인 불고기와 김치를 먹고 싶어요.

怎.痛.姊.金.普.夠.幾.娃.金母.氣.路.摸.夠.細.波.喲.

什麼最好吃？

mwo ga je ir ma si sseo yo

뭐가 제일 맛있어요?

某.卡.姊.憶兒.馬.西.手.喲.

什麼好吃？

mwo ga ma si sseo yo

뭐가 맛있어요?

某.卡.馬.西.手.喲.

這是什麼料理？

i geon mu seun yo ri ye yo

이건 무슨 요리예요?

衣.滾.木.順.喲.里.也.喲.

一樣的東西，給我們兩個。

ga teun geol lo dur ju se yo

같은 걸로 둘 주세요.

卡.吞.勾.樓.土.阻.誰.喲.

給我這個。

i geol lo ju se yo

이걸로 주세요.

衣.勾.樓.阻.誰.喲.

給我跟那個一樣的東西。

jeo geot gwa ga teun geol lo ju se yo

저것과 같은 걸로 주세요.

走.勾.瓜.哥.吞.狗.樓.阻.誰.喲.

韓國烤肉三人份。

bul go gi sa min bun ju se yo

불고기 3인분 주세요.

普.夠.幾.莎.敏.噴.阻.誰.喲.

我要 C 定食。

jeo neun jeong sig C ro hal ge yo

저는 정식C로 할게요.

走.能.窮.西哥.西.樓.哈.給.喲.

我不要太辣。

deor maep ge hae ju se yo

덜 맵게 해주세요.

嘟.梅.給.黑.阻.誰.喲.

您咖啡要什麼時候用呢？

keo pi neun eon je deu si ge sseo yo

커피는 언제 드시겠어요?

口.匹.能.恩.姊.毒.細.給.手.喲.

麻煩餐前（餐後）幫我送上。

sik sa jeon（sik sa hu e）ju se yo

식사전(식사후에)주세요.

西哥.沙.怎.（西哥.沙.呼.也.）阻.誰.喲.

4 又辣又好吃

我想＋○○。

⊙**28**

動詞**고**＋**싶어요.**
姑　　細　波　喲

go si peo yo

吃	問	去
meok go	jil mun ha go	ga go
먹고	질문하고	가고
摸.夠.	其.門.哈.夠.	卡.夠.

搭乘	看
ta go	bo go
타고	보고
他.夠.	普.夠.

• 例句 •

可以吃了嗎？

i je meo geo do doem ni kka

이제 먹어도 됩니까.

衣.姊.末.勾.土.洞.妮.嘎.

還不可以。

a ji gyo

아직요.

阿.吉.叫.

可以吃了。

meo geo do dwe yo

먹어도 돼요.

末.勾.土.腿.喲.

開動啦！

jar meok get seum ni da

잘 먹겠습니다.

彩兒.摸.給.師母.妮.打.

這要怎麼吃呢？

i geon eo tteo ke meo geo yo

이건 어떻게 먹어요?

衣.滾.喔.豆.客.末.勾.喲.

這樣吃。

i reo ke meo geo yo

이렇게 먹어요.

衣.樓.客.末.勾.喲.

好辣！

mae wo yo

매워요.

每.我.喲.

好甜！

da ra yo

달아요.

他.拉.喲.

好吃！

ma si sseo yo

맛있어요.

馬.西.手.喲.

很燙。

tteu geo wo yo

뜨거워요.

度.勾.我.喲.

很辣。

mae wo yo

매워요.

每.我.喲.

很苦。

neo mu sseo yo

너무 써요.

娜.木.手.喲.

很鹹。

neo mu jja yo

너무 짜요.

娜.木.恰.喲.

很酸。

neo mu syeo yo

너무 셔요.

娜.木.羞.喲.

味道普通。

geu jeo geu rae yo

그저 그래요.

古.走.古.雷.喲.

雖然很辣，但很好吃。

maep ji man ma si sseo yo

맵지만 맛있어요.

梅.奇.慢.馬.西.手.喲.

再來一碗。

deo ju se yo

더 주세요.

朵.阻.誰.喲.

不怎麼好吃。

byeol lo ma deop seo yo

별로 맛없어요.

票.樓.馬.<u>朵不</u>.瘦.喲.

我沒有點這個。

i geon an si kyeo sseo yo

이건 안 시켰어요.

衣.滾.安.細.苟.手.喲.

5 享受美酒

 ○○ + 如何呢？

eo ddae yo

名詞 + 어때요?

喔 跌 喲

一杯	罐裝啤酒	韓國米酒
han jan	kaen maek ju	mak geol li
한 잔	캔맥주	막걸리
韓.餐.	肯.妹.阻.	忙.勾.里.

糯米酒	燒酒	清河酒
dong dong ju	so ju	cheong ha
동동주	소주	청하
同.同.阻.	嫂.阻.	窮.哈.

• 例句•

今天晚上，喝一杯吧！

o neur ba me han jan ha jyo

오늘 밤에 한잔 하죠.

喔.內.旁.梅.韓.將.哈.酒.

你能喝多少？

ju ryang eun eo neu jeong do ye yo

주량은 어느 정도예요?

阻.量.運.喔.呢.窮.土.也.喲.

兩瓶啤酒。

maek ju du byeong i e yo

맥주 두 병이에요

妹.阻.讀.蘋.衣.也.喲.

給我白（紅）葡萄酒。

white (re deu) wa in ju se yo

화이트(레드)와인 주세요.

化.伊.特（淚.都）娃.音.阻.誰.喲.

這個最棒！

i ge choe go ye yo

이게 최고예요!

衣.給.吹.勾.也.喲.

給我兩杯生啤酒。

saeng maek ju du jan ju se yo

생맥주 두 잔 주세요.

先.妹.阻.讀.餐.阻.誰.喲.

菜幫我適當配一下。

geu nyang a ra seo jeok dang hi ju se yo

그냥 알아서 적당히 주세요.

哭.娘.阿.拉.瘦.秋.當.衣.阻.誰.喲.

6 乾杯！

給我＋○○。

○ŋ30

名詞＋주세요.
_{阻塞喲}

ju se yo（over 주세요）

烏龍茶	人參茶	紅茶	奶茶
u rong cha	in sam cha	hong cha	mil keu ti
우롱차	인삼차	홍차	밀크 티
烏.龍.恰.	音.山母.恰.	紅.恰.	密兒.苦.提.

咖啡	果汁	柳橙汁	濃縮咖啡
keo pi	ju seu	o ren ji ju seu	e seu peu re so
커피	주스	오렌지 주스	에스프레소
空.匹.	阻.思.	喔.連.吉.阻.思.	也.思.普.淚.嫂.

卡布奇諾	可樂	柚子茶	冰紅茶
ka pu chi no	kol la	yu ja cha	a i seu ti
카푸치노	콜라	유자차	아이스 티
卡.噴.氣.努.	口.拉.	友.叉.恰.	阿.衣.思.提.

可可亞	水
ko ko a	mu reur
코코아	물을
庫.苦.阿.	木.路.

97

• 例句•

乾杯！

geon bae

건배!

幹.配.

祝我們大家身體健康！

u ri deu re geon gan geur wi ha yeo

우리들의 건강을 위하여!

屋.里.都.涙.幹.剛.兒.為.哈.喲.

一口氣喝！喝！

won syat won syat

원샷!원샷!

旺.蝦.旺.蝦.

這米酒，味道最棒了。

i mak geol li ma si kkeun nae ju neun de yo

이 막걸리 맛이 끝내 주는데요.

衣.忙.勾.里.馬.西.滾.內.阻.能.爹.喲.

再來一杯如何？

han jan deo eo ttae yo

한잔 더 어때요?

韓.餐.透.喔.爹.喲.

再給我一瓶啤酒。

maek ju han byeong deo ju se yo

맥주 한 병 더 주세요.

妹．阻．韓．蘋．朵．阻．誰．喲．

廁所在哪裡呢？

hwa jang si reun eo di ye yo

화장실은 어디예요？

化．張．細．<u>輪恩</u>．喔．低．也．喲．

7 在路邊攤

請給我＋○○。 ⓞ31

名詞＋^{ju se yo}주세요.
　　　　　阻　塞　喲

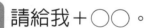

關東煮	辣炒年糕	雞肉串	兩個
o deng	tteok bo kki	dalk kko chi	du gae
오뎅	떡볶이	닭꼬치.	두개
喔．瞪．	都．普．忌．	它．扣．氣．	讀．給．

• 例句 •

歡迎光臨。

eo seo o se yo

어서 오세요.

喔.瘦.喔.誰.喲.

您要點什麼呢？

mwo deu ril kka yo

뭐 드릴까요?

某.的.<u>立兒</u>.嘎.喲.

辣炒年糕跟關東煮請給我各一人份。

tteok bo kki ha go twi gim i lin bun ssig ju se yo

떡볶이하고 튀김 1인분씩 주세요.

都.普.忌.哈.夠.退.<u>金母</u>.憶.林.噴.細.阻.誰.喲.

加在一起嗎？

seo kkeo deu ryeo yo

섞어 드려요?

瘦.哥.的.留.喲.

不，請個別裝盤。

a ni yo tta ro tta ro ju se yo

아니요, 따로따로 주세요.

阿.妮.喲.大.樓.大.樓.阻.誰.喲.

是的，請加在一起。

ne seo kkeo ju se yo

네, 섞어 주세요.

內.瘦.哥.阻.誰.喲.

給我一個糖餅。

ho tteo ka na ju se yo

호떡 하나 주세요.

呼.豆.卡.那.阻.誰.喲.

鯛魚燒給我2000韓元份。

bun geo ppang i che nwo neo chi ju se yo

붕어빵 2,000원어치 주세요.

噴.勾.幫.衣.餐.挪.娜.氣.阻.誰.喲.

合您口味嗎？

i be ma jeu se yo

입에 맞으세요?

衣.杯.馬.子.誰.喲.

如何？好吃嗎？

eo ttae yo ma si sseo yo

어때요? 맛있어요?

喔.爹.喲.馬.細.手.喲.

非常好吃。

ne cham ma si sseo yo

네, 참 맛있어요.

内.槍.馬.細.手.喲.

可以坐這裡嗎？

yeo gi an ja do dwae yo

여기 앉아도 돼요?

有.幾.安.叉.土.腿.喲.

給我紫菜卷。

gim bab ju se yo

김밥 주세요.

<u>金母</u>.旁.阻.誰.喲.

再給我一點湯。

guk mur jom ju sil lae yo

국물 좀 주실래요?

哭.木.從.阻.吸.雷.喲.

幫我包起來。

po jang hae ju se yo

포장해 주세요.

普.張.黑.阻.誰.喲.

8 老板算帳

麻煩（我要）＋○○。

名詞＋**부탁합니다.**
pu ta kam ni da
樸 他 看 你 打

算帳	叫菜	換錢
ge san	ju mun	hwan jeon
계산	주문	환전
給.三.	阻.悶.	換.怎.

確認	到新村	七點
hwa gin	sin chon kka ji	il gop si e
확인	신촌까지	일곱시에
化.金.	心.求.嘎.吉.	憶兒.姑普.細.也.

• 例句 •

我吃得好飽。

bae ga bul leo yo

배가 불러요.

配.卡.普.漏.喲.

已經吃不下去了。

deo i sang mot meok ge sseo yo

더 이상 못 먹겠어요.

朵.衣.商.摸.摸.給.手.喲.

真的很好吃。

jeong mar ma si sseo yo

정말 맛있어요.

窮.罵.馬.西.手.喲.

這請幫我打包。

i geo po jang hae ju se yo

이거 포장해 주세요.

衣.科.普.張.黑.阻.誰.喲.

我要結帳。

gye san hae ju se yo

계산해 주세요.

給.傘.黑.阻.誰.喲.

今天我請客喔！

o neu reun nae ga ssol ge yo

오늘은 내가 쏠게요!

喔.呢.論.內.卡.搜.給.喲.

感謝招待。

jar meo geot seum ni da

잘 먹었습니다.

才.末.勾.順.米.打.

多謝款待。

jar meo geo sseo yo

잘 먹었어요.

<u>彩兒</u>.末.勾.手.喲.

我們各別算。

tta ro tta ro gye san hae ju se yo

따로따로 계산해 주세요.

大.樓.大.樓.給.傘.黑.阻.誰.喲.

共35000圜。

sam ma no cheo nwo ni e yo

삼만 오천원이에요.

三.滿.喔.窮.我.你.愛.喲.

你錢算錯了。

gye sa ni teul lyeo yo

계산이 틀려요.

給.莎.妮.<u>土兒</u>.溜.喲.

可以刷卡嗎？

ka deu dwae yo

카드 돼요?

卡.的.腿.喲.

要在那裡簽名呢？

eo di e ssa i neur ha myeon dwae yo

어디에 싸인을 하면 돼요?

喔．低．也．沙．衣．奴．哈．免．腿．喲．

請給我收據。

yeong su jeun geur ju se yo

영수증을 주세요.

用．樹．增．<u>古兒</u>．阻．誰．喲．

再見。

an nyeong hi ga se yo

안녕히 가세요.

安．<u>生恩</u>．衣．卡．誰．喲．

1 觀光服務台

○○＋在哪裡？ OT 33

名詞（은/는）＋어디예요?
eun neun / eo di ye yo
運 嫩　　　喔 低 也 喲

觀光服務台	入口
gwan gwang an nae so neun	ip gu ga
관광 안내소는	입구가
光.狂.安.內.嫂.嫩.	衣樸.姑.卡.

出口	購票處
chul gu ga	mae pyo so neun
출구가	매표소는
出.姑.卡.	每.票.嫂.嫩.

• 例句 •

給我觀光指南冊子。

gwan gwang an nae seo ju se yo

관광 안내서 주세요.

光.狂.安.內.瘦.阻.誰.喲.

有中文版的觀光指南冊子嗎？

jung gu geo an nae seo i sseo yo

중국어 안내서 있어요?

中.姑.勾.安.內.瘦.衣.手.喲.

我想要報名觀光團。

tu eo reur sin cheong ha go si peun de yo

투어를 신청하고 싶은데요.

凸.喔.路.心.窮.哈.夠.細.噴.爹.喲.

給我觀光指南冊子。

gwan gwang an nae chek ja jom ju se yo

관광안내책자 좀 주세요.

光.狂.安.內.切.叉.從.阻.誰.喲.

請告訴我值得看的地方。

ga bol man han go seur ga reu chyeo ju se yo

가볼만한 곳을 가르쳐 주세요.

卡.波.罵.韓.夠.思兒.卡.路.臭.阻.誰.喲.

哪裡好玩呢？

eo di ga jo a yo

어디가 좋아요?

喔.低.卡.秋.阿.喲.

請告訴我最有名的地方。

je ir yu myeong han go seur ga reu chyeo ju se yo

제일 유명한 곳을 가르쳐 주세요.

姊.憶兒.友.妙.韓.夠.思兒.卡.路.臭.阻.誰.喲.

我聽説有慶典。

chuk je reur han da go deu reot neun de yo

축제를 한다고 들었는데요.

阻.姊.魯.韓.打.姑.土.樓.能.爹.喲.

我想遊覽古蹟。

yu jeg ji reur do ra bo go si peo yo

유적지를 돌아보고 싶어요.

友.走客.吉.路.都.拉.普.夠.細.波.喲.

我在找汗蒸幕。

han jeung ma geur chat go it neun de yo

한증막을 찾고 있는데요.

韓.增.馬.古.茶.姑.乙.能.爹.喲.

請告訴我哪裡有當地的料理餐廳。

hyang to eum sik jeo meur ga reu chyeo ju se yo

향토 음식점을 가르쳐 주세요.

香.偷.恩.西.求.母.卡.漏.臭.阻.誰.喲.

費用要多少？

yo geu meun eol ma ye yo

요금은 얼마예요？

喲.古.悶.偶而.馬.也.喲.

麻煩大人兩個。

eo reun dur bu ta kae yo

어른 둘 부탁해요.

喔.輪.土.樸.他.給.喲.

2 有什麼觀光行程？

我想去＋○○。

ga go si peo yo

名詞＋가고 싶어요.

卡 姑 細 波 喲

首爾	永登浦	龍山	清涼里
seo ur	yeong deung po	yong san	cheong ryang ri
서울	영등포	용산	청량리
瘦.兒.	用.頓.普.	用.三.	窮.量.里.

新村	沃川	慶州	釜山
sin chon	ok cheon	gyeong ju	bu san
신촌	옥천	경주	부산
心.求.	沃.窮.	宮.阻.	樸.三.

有什麼樣的觀光行程呢？

eo tteon tu eo co seu ga i sseo yo

어떤 투어코스가 있어요?

喔.通.凸.喔.口.斯.卡.衣.手.喲.

觀光費用有含午餐嗎？

jeom si meun gwan gwang yo geu me po ham dwae i sseo yo

점심은 관광요금에 포함돼 있어요?

窮.細.悶.光.狂.喲.滾.也.普.哈母.腿.衣.手.喲.

巴士可以到嗎？

beo seu ro gar su i sseo yo

버스로 갈 수 있어요?

破.思.樓.卡.樹.衣.手.喲.

觀光行程有含民俗村嗎？

tu eo e min sok cho ni po ham dwae i sseo yo

투어에 민속촌이 포함돼 있어요?

凸.喔.愛.敏.收.求.你.普.哈母.腿.衣.手.喲.

有含餐點嗎？

sik sa neun na wa yo

식사는 나와요?

西哥.莎.能.娜.娃.喲.

幾點出發？

chul ba reun myeot si ye yo

출발은 몇시예요?

糗．拔．論．妙．細．也．喲．

有多少自由行動時間？

ja yu si ga ni eol ma na i sseo yo

자유시간이 얼마나 있어요?

叉．友．細．趕．你．偶而．馬．娜．衣．手．喲．

幾點回來？

myeot si e do ra wa yo

몇시에 돌아와요?

免．細．愛．土．拉．娃．喲．

我想請導遊。

ga i deu ga pi ryo han de yo

가이드가 필요한데요.

卡．衣．的．卡．筆．六．韓．爹．喲．

3 玩到不想回家

○○＋很（真）＋○○。

OT35

名詞（가 / 이）＋形容詞（아 / 어 / 네）＋요.
　　ka　i　　　　　　　a　eo　ne　　yo
　卡　衣　　　　　　阿　喔　內　　喲

很棒的／畫

geu ri mi / meo si sseo

그림이／멋있어

古.里.米.／末.細.手.

很漂亮的／韓服

han bo gi / ye ppeo

한복이／예뻐

韓.普.幾.／也.撥.

優秀的／作品

jak pu mi / hul lyung hae

작품이／훌륭해

假.噴.米.／<u>呼兒</u>.流.黑.

宏偉的／建築物

geon mu ri / dae dan hae

건물이／대단해

滾.木.里.／貼.蛋.黑.

出色／雕刻

jo ga gi / hul lyung hae

조각이／훌륭해

秋.卡.幾.／<u>呼兒</u>.流.黑.

美麗的／陶瓷器

do ja gi ga / a reum da wo

도자기가／아름다워

土.叉.幾.卡.／阿.<u>樂母</u>.打.我.

● 例句 ●

那是什麼建築物？

jeo geon mu reun mwo ye yo

저 건물은 뭐예요?

走.幹.木.論.某.也.喲.

有多古老？

eo neu jeong do o rae dwae sseo yo

어느 정도 오래됐어요?

喔.呢.窮.土.喔.雷.堆.手.喲.

景色真美！

gyeong chi ga meot jeo yo

경치가 멋져요!

宮.氣.卡.莫.酒.喲.

那個服裝是韓服。

jeo o seun han bo gi e yo

저 옷은 한복이에요.

走.喔.孫.韓.伯.幾.也.喲.

我也很想穿穿看。

jeo do i beo bo go si peo yo

저도 입어보고 싶어요.

走.土.衣樸.姑.西.波.喲.

4 一定要拍照留戀

可以＋○○＋嗎？ 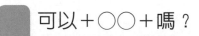 36

名詞＋動詞（아/어/해）도＋돼요?
a eo he do dwae yo
阿 喔 哈 土 腿 喲

抽煙	拍照
dam bae pi wo do	sa jin jji geo do
담배 피워도	사진 찍어도
配.匹.我.	莎.親.飢.勾.

拿這個	坐這裡
i geo gat go ga do	yeo gi e an ja do
이거 갖고 가도	여기에 앉아도
衣.勾.卡.夠.卡.	有.幾.也.安.叉.

• 例句 •

可以拍照嗎？

sa jin jji geo do dwae yo
사진 찍어도 돼요？
莎.親.飢.勾.土.腿.喲.

算便宜一點啦！

ssa ge he ju se yo
싸게 해 주세요.
沙.給.黑.阻.誰.喲.

可否請您幫我拍照？

sa jin jom jji geo ju si ge sseo yo

사진 좀 찍어 주시겠어요?

莎.親.從.飢.勾.阻.細.給.手.喲.

按這裡就可以了。

yeo gi nu reu myeon dwae yo

여기 누르면 돼요.

由.幾.努.漏.免.腿.喲.

麻煩再拍一張。

han jang deo bu ta kae yo

한장 더 부탁해요.

韓.張.透.樸.他.給.喲.

嗨！起士！

ja chi jeu

자, 치즈!

叉,氣.子.

請不要動喔！

um ji gi ji ma se yo

움직이지 마세요.

雲.飢.幾.奇.馬.誰.喲.

以後再寄照片給您。

na jung e sa jin bo nael kke yo

나중에 사진 보낼께요.

娜.中.愛.莎.親.普.<u>内兒</u>.給.喲.

5 美術館跟博物館

我想看＋○○。

OT **37**

bo go si peo yo

動詞＋보고 싶어요.

普 姑 細 波 喲

電影	演唱會	歌劇
yeong hwa	kon seo teu	o pe ra
영화	콘서트	오페라
用.化.	空.瘦.特.	喔.配.拉.

• 例句 •

我想去美術館。

mi sul gwa ne ga bo go si peo yo

미술관에 가 보고 싶어요.

米.輸.瓜.内.卡.普.夠.細.波.喲.

117

入場費要多少錢？

ip jang ryo neun eol ma ye yo

입장료는 얼마예요?

<u>衣樸</u>.張.料.能.<u>偶而</u>.馬.也.喲.

請給我這個宣傳冊子。

i pam peul let ju se yo

이 팜플렛 주세요.

衣.傍.普.雷.阻.誰.喲.

幾點開放呢？

myeot si e mun yeo reo yo

몇시에 문 열어요?

妙.細.也.悶.有.樓.喲.

開放到幾點呢？

myeot si kka ji hae yo

몇시까지 해요?

妙.細.嘎.吉.黑.喲.

幾點關門？

myeot si e mun da da yo

몇시에 문 닫아요?

秒.細.也.悶.它.打.喲.

可以摸一下嗎？

man jeo do dwae yo

만져도 돼요?

有.幾.也.安.叉.土.腿.喲.

可以坐在這裡嗎？

yeo gi e an ja do dwae yo

여기에 앉아도 돼요?

特.品.怎.細.卡.衣.手.喲.

有特別展嗎？

teuk byeol jeon si ga i sseo yo

특별전시가 있어요?

特.<u>品兒</u>.怎.細.卡.衣.手.喲.

館內有導遊嗎？

gwan nae e an nae ga i deu neu ni sseo yo

관내에 안내 가이드는 있어요?

光.內.也.安.內.卡.衣.毒.能.衣.手.喲.

可以在哪裡買到紀念品呢？

gi nyeom pu meun eo di e seo sar su i sseo yo

기념품은 어디에서 살 수 있어요?

給.妞.碰.運.喔.低.也.瘦.<u>沙兒</u>.樹.衣.手.喲.

這裡可以抽煙嗎？

yeo gi seo dam bae reur pi wo do dwae yo

여기서 담배를 피워도 돼요?

有.幾.瘦.談.配.路.匹.我.土.腿.喲.

請告訴我出口在哪裡呢？

chul gu ga eo din ji ga reu chyeo ju se yo

출구가 어딘지 가르쳐 주세요.

出.姑.卡.喔.定.吉.卡.路.臭.阻.誰.喲.

---

6 看電影和舞台劇

○○＋在哪裡？ ○38

i   ga   eo di ye yo
名詞(이/가)＋어디예요?
衣 卡　　喔低也喲

這個座位	廁所	賣店	入口
i ja ri ga	hwa jang si ri	mae jeo mi	ip gu ga
이 자리가	화장실이	매점이	입구가
衣.叉.里.卡.	化.張.細.里.	每.走.米.	<u>衣樸</u>.姑.卡.

• 例句 •

門票在哪裡買呢？

ti ke seun eo di seo sa yo

티켓은 어디서 사요?

提.客.順.喔.低.瘦.莎.喲.

請給我上映片單的導覽。

sang yeong an nae seo ju se yo

상영 안내서 주세요.

商.用.安.內.瘦.阻.誰.喲.

哪齣是人氣電影？

in gi it neun yeong hwa neun mwo ye yo

인기있는 영화는 뭐예요?

音.給.乙.能.用.化.能.某.也.喲.

現在在上演什麼？

ji geum mwo ha go i sseo yo

지금 뭐 하고 있어요?

奇.滾.某.哈.姑.衣.手.喲.

下一場幾點上映？

da eum sang yeong i myeot si ye yo

다음 상영이 몇시예요?

打.恩.商.用.衣.秒.細.也.喲.

上演到什麼時候？

eon je kka ji sang yeong ha go i sseo yo

언제까지 상영하고 있어요?

恩.姊.嘎.奇.商.用.哈.姑.衣.手.喲.

入場時間是幾點呢？

ip jang si ga ni myeot si ye yo

입장시간이 몇시예요?

<u>衣樸</u>.張.細.卡.妮.司.細.也.喲.

可以帶食物進去嗎？

eum sik mur gat go deu reo ga do dwae yo

음식물 갖고 들어가도 돼요?

恩.西.木.卡.夠.的.樓.卡.土.腿.喲.

7 排隊買票

給我＋○○。

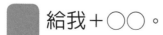

ㅇㅜ39

名詞＋數量＋주세요.
ju se yo
阻.塞.喲

122

學生／二張	大人／三張
hak saeng / du jang	seong in / se jang
학생／두장	성인／세장
哈.先.／讀.張.	松.音.／誰.張.

小孩／兩張	大人／四張
eo ri ni / du jang	seong in / ne jang
어린이／두장	성인／네장
喔.里.妮.／讀.張.	松.音.／內.張.

• 例句 •

我想看傳統舞蹈。

jeon tong mu yong eur bo go si peun de yo

전통무용을 보고 싶은데요.

怎.痛.木.喲.用.額.普.夠.細.噴.爹.喲.

請給我今天三點〈大叔〉的電影票。

yeong hwa a jeo ssi o neur se si ti ket han jang ju se yo

영화〈아저씨〉오늘 세시 티켓 한장 주세요.

用.化.「阿.豬.西.」 喔.怒.塞.細.提.給.韓.將.阻.誰.喲.

給我大人兩張，小孩一張。

eo reun du jan geo ri ni han jang ju se yo

어른 두장, 어린이 한장 주세요.

喔.輪恩.讀.張.喔.理.你.韓.將.阻.誰.喲.

給我 H 列。

H yeol lo hae ju se yo

H열로 해 주세요.

H.友.樓.黑.阻.誰.喲.

我要前面中間的位置。

ap jur jung ang eu ro bu ta kae yo

앞줄 중앙으로 부탁해요.

<u>阿布</u>.珠.中.暗.惡.樓.樸.他.給.喲.

我要前面的座位。

a pi jo a yo

앞이 좋아요.

阿.批.秋.阿.喲.

我要一樓的座位。

il cheung ja ri ga jo a yo

일층 자리가 좋아요.

<u>憶兒</u>.窮.家.裡.卡.秋.阿.喲.

有當日票嗎？

dang il pyo i sseo yo

당일표 있어요?

當.<u>憶兒</u>.票.衣.手.喲.

賣完了。

mae jin im ni da

매진입니다.

每.親.因.妮.打.

學生有打折嗎？

hak saeng ha ri ni i sseo yo

학생 할인이 있어요?

哈.先.哈.理.你.衣.手.喲.

這個座位有人坐嗎？

yeo gi ja ri i sseo yo

여기 자리 있어요?

有.幾.叉.里.衣.手.喲.

可以坐這裡嗎？

yeo gi e an ja do dwae yo

여기에 앉아도 돼요?

有.幾.也.安.叉.土.腿.喲.

我的座位在哪裡呢？

je ja ri neun eo di ye yo

제 자리는 어디예요?

姊.叉.里.嫩.喔.低.也.喲.

休息時間是幾點開始呢？

hyu sik si ga neun myeot si bu teo ye yo

휴식시간은 몇시부터예요?

休.西.細.卡.嫩.司.細.樸.拖.也.喲.

休息時間有幾分呢？

hyu sik si ga neun myeot bu ni sseo yo

휴식시간은 몇분 있어요?

休.西.細.卡.嫩.司.樸.妮.手.喲.

1 展開追求

真是＋○○。

○ 40

形容詞＋시(이)네요？
si　i　ne yo
細　衣　內　喲

討人喜歡啊！	標緻啊！	帥氣啊！	美男啊！
gwi yeo u	ye ppeu	meo si sseu	mi na (mi)
귀여우	예쁘	멋있으	미남이
桂.有.無.	也.不.	末.細.射.	米.那.(米.)

• 例句 •

你有男（女）朋友嗎？
ae i ni sseo yo

애인 있어요?

耶.衣.妮.手.喲.

那個人挺不錯的哦！
jeo sa ram gwaen cha na yo

저 사람 괜찮아요.

走.莎.郎.跪.恰.那.喲.

笑容很棒。
un neu neol gu ri jo a yo

웃는얼굴이 좋아요.

恩.呢.男兒.姑.里.秋.阿.喲.

127

長得跟〇〇很像哦！

〇〇ha go dal ma sseo yo

〇〇하고 닮았어요.

〇〇.哈.夠.打.馬.手.喲.

幾歲呢？

na i ga eo tteo ke doe se yo

나이가 어떻게 되세요?

那.衣.卡.喔.豆.客.腿.誰.喲.

喜歡喝酒嗎？

su reun jo a ha se yo

술은 좋아하세요?

樹.<u>輪恩</u>.秋.阿.哈.誰.喲.

假日都做些什麼呢？

swi neun na reun mwo ha se yo

쉬는 날은 뭐 하세요?

書.嫩.那.<u>輪恩</u>.某.哈.誰.喲.

喜歡哪一類型的人呢？

i sang hyeong i eo tteo ke dwae yo

이상형이 어떻게 돼요?

衣.商.玄.衣.喔.豆.客.腿.喲.

請告訴我電話號碼。

jeon hwa beon ho reur ga reu chyeo ju se yo

전화번호를 가르쳐 주세요.

怎.化.崩.呼.路.卡.路.臭.阻.誰.喲.

請告訴我網址。

me il ju so ga reu chyeo ju se yo

메일주소가 르쳐 주세요.

梅.憶兒.阻.嫂.卡.路.臭.阻.誰.喲.

我送你回家吧。

jip kka ji ba rae da deu ril kke yo

집까지 바래다 드릴께요.

幾.嘎.吉.爬.雷.打.的.立兒.給.喲.

我到你家去接你吧。

jip kka ji de ri reo gal kke yo

집까지 데리러 갈께요.

幾.嘎.吉.爹.里.樓.卡兒.給.喲.

1 可以＋○○＋嗎？

OT41

名詞＋動詞도＋돼요?
do dwae yo
土　腿　喲

牽手	親你	擁抱你
so neur ja ba do	ki seu hae do	a na do
손을 잡아도	키스해도	안아도
嫂.奴.乂.爬.土.	忌.思.黑.土.	阿.那.土.

挽你的胳膊	去	打電話
pal jjang kkyeo do	ga do	jeon hwa hae do
팔짱껴도	가도	전화해도
怕兒.將.橋.土.	卡.土.	怎.化.黑.土.

• 例句 •

我喜歡你。
jo a hae yo
좋아해요.
秋.阿.黑.喲.

我愛你。
sa rang hae yo
사랑해요.
莎.郎.黑.喲.

我愛上你了。

dang si ne ge ban hae sseo yo

당신에게 반했어요.

當.細.內.給.胖.黑.手.喲.

我非常非常喜歡你。

neo mu neo mu jo a hae yo

너무너무 좋아해요.

娜.木.娜.木.秋.阿.黑.喲.

我墜入愛河了。

sa rang e ppa jyeot seum ni da

사랑에 빠졌습니다.

莎.郎.也.爸.酒特.師母.妮.打.

我每天都想見你。

mae ir bo go si peo yo

매일 보고 싶어요.

每.憶兒.普.夠.細.波.喲.

可以跟我交往嗎？

na rang sa gwi eo jul lae yo

나랑 사귀어 줄래요 ?

那.郎.莎.桂.喔.豬兒.雷.喲.

• 例句 •

我想當你的女朋友。

dang si ne yeo ja chin gu ga doe go si peo yo

당신의 여자친구가 되고 싶어요.

當.細.內.又.叉.親.姑.卡.腿.夠.細.波.喲.

我想當你的男朋友。

dang si ne nam ja chin gu ga doe go si peo yo

당신의 남자친구가 되고 싶어요.

當.細.內.男.叉.親.姑.卡.腿.夠.細.波.喲.

我只愛你一個人。

dang sin man sa rang hal kkeo ye yo

당신만 사랑할꺼예요.

當.心.罵.莎.郎.哈兒.哥.也.喲.

我眼裡只有你。

jeo neun dang sin ppu ni e yo

저는 당신 뿐이에요.

走.嫩.當.心.普.妮.也.喲.

只要你在我身邊就好。

dang sin ma ni sseu myeon dwae yo

당신만 있으면 돼요.

當.心.罵.你.射.免.腿.喲.

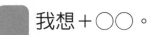

3 正式交往

我想＋○○。

OT42

動詞고＋싶어요.
go　si peo yo
姑　　細 波 喲

見面	去	吃
bo go	ga go	meok go
보고	가고	먹고
普.姑.	卡.姑.	摸.姑.

買	玩	休息
sa go	nol go	swi go
사고	놀고	쉬고
莎.姑.	奴.姑.	帥.姑.

•例句•

週末有什麼計劃呢？

ju ma re yak so gi sseo yo

주말에 약속 있어요?

阻.馬.涙.牙.嫂.幾.手.喲.

要不要去看電影呢？

yeong hwa reur bo reo gal lae yo

영화를 보러 갈래요?

用.化.路.普.樓.卡兒.雷.喲.

我想看韓國片。

han gug yeong hwa reur bo go si peo yo

한국 영화를 보고 싶어요.

韓．姑．用．化．路．普．夠．細．波．喲．

你喜歡看什麼樣的電影？

eo tteon yeong hwa reur jo a ha se yo

어떤 영화를 좋아 하세요?

喔．通．用．化．路．秋．阿．哈．誰．喲．

○○點在○○碰面。

○○si e ○○e seo man na yo

○○시에 ○○에서 만나요.

○○．細．也．○○．也．瘦．罵．那．喲．

一起拍照吧！

sa jin ga chi jji geo yo

사진 같이 찍어요.

莎．親．卡．氣．飢．勾．喲．

喝一杯如何呢？

sur han jan eo tteo se yo

술 한잔 어떠세요?

輸．韓．餐．喔．豆．誰．喲．

今天我請客。

o neu reun nae ga sal ge yo

오늘은 내가 살게요.

喔.呢.輪恩.內.卡.沙兒.給.喲.

今天真快樂。

o neu reun jeul geo wo sseo yo

오늘은 즐거웠어요.

喔.呢.輪恩.仇.勾.我.手.喲.

下回我們去〇〇。

da eum e neun 〇〇e ga yo

다음에는 〇〇에 가요.

打.恩.也.嫩.〇〇.也.卡.喲.

很期待哦！

gi dae hal ge yo

기대할게요.

幾.貼.哈兒.給.喲.

請擁抱我。

a na ju se yo

안아 주세요.

阿.那.阻.誰.喲.

請多愛我一點。

ma ni sa rang hae ju se yo

많이 사랑해 주세요.

馬.妮.莎.郎.黑.阻.誰.喲.

請吻我。

ppo ppo hae ju se yo

뽀뽀해 주세요.

伯.伯.黑.阻.誰.喲.

我真幸福。

jeong mar haeng bo kae yo

정말 행복해요.

窮.馬.狠.普.給.喲.

我們倆已合為一體了。

u ri neun ha na ye yo

우리는 하나예요.

無.里.嫩.哈.那.也.喲.

請嫁給我。

na rang gyeol hon hae jul lae yo

나랑 결혼해 줄래요?

那.郎.勾兒.紅.黑.豬兒.雷.喲.

4 我們分手吧

請不要＋○○。

OT 43

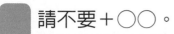

動詞＋지 마세요．
　　　　ji　ma se yo
　　　　吉　馬　誰　喲

（再跟我）聯絡	走	哭
yeon ra ka ji	ga ji	ul ji
연락하지	가지	울지
又.拉.卡.吉.	卡.吉.	爾.吉.

離開我	拋棄我
nar tteo na ji	nar beo ri ji
날 떠나지	날 버리지
那兒.豆.那.吉.	那兒.破.里.吉.

• 例句 •

我已經有喜歡的人了。
jo a ha neun sa ra mi i sseo yo
좋아하는 사람이 있어요.
秋.阿.哈.嫩.莎.拉.米.衣.手.喲.

我已經不喜歡你了。
i je jo a ha ji an a yo
이제 좋아하지 않아요.
衣.姊.秋.阿.哈.吉.安.阿.喲.

我討厭你。

dang si neur si reo hae yo

당신을 싫어해요.

當.細.奴.細.樓.黑.喲.

我考慮看看。

jom saeng ga kae bol ge yo

좀 생각해 볼게요.

從.先.卡.給.波.給.喲.

只想跟你當朋友。

geu nyang chin gu ro ji nae go si peo yo

그냥 친구로 지내고 싶어요.

古.娘.親.姑.樓.吉.內.夠.細.波.喲.

只想把你當作好哥哥。

chin han o ppa ro ji nae go si peo yo

친한 오빠로 지내고 싶어요.

親.韓.喔.爸.樓.吉.內.夠.細.波.喲.

我們好像沒有這個緣分。

u ri i nyeo ni a nin ga bwa yo

우리 인연이 아닌가봐요.

無.里.衣.牛.妮.阿.您.卡.拔.喲.

我們分手吧！

he eo jeo yo

헤어져요.

黑.喔.走.喲.

我們倆就此結束吧！

i je kkeun nae yo

이제 끝내요.

衣.姊.滾.內.喲.

沒有你我該怎麼辦？

dang si ni eop seu myeon na neun eo tteo kae yo

당신이 없으면 나는 어떡해요?

當.細.妮.<u>歐不</u>.思.冤.那.嫩.喔.豆.給.喲.

你要負責。

nar chae gim jeo yo

날 책임져요.

<u>那兒</u>.切.<u>金母</u>.走.喲.

把我的人生還給我。

nae in saeng dol lyeo jwo yo

내 인생 돌려줘요.

內.音.先.土.溜.錯.喲.

我被甩了。

cha yeo sseo yo

차였어요.

恰.有.手.喲.

5 交交朋友

（我）喜歡＋○○。 ◎T**44**

eur reur   jo a hae yo

名詞（을/를）＋좋아해요.

爾 路   秋 阿 黑 喲

大長今 dae jang geu meur **대장금을** 貼.張.古.門兒.	**少女時代** so nyeo si dae **소녀시대** 嫂.牛.細.貼.	**李英愛** i yeong ae ssi **이영애씨** 衣.用.耶.西.
金秀賢 gim su hyeon ssi reur **김수현씨를** 金母.樹.玄.西.路.	**韓國料理** han gug yo ri reur **한국요리를** 韓.姑.喲.里.路.	**韓國音樂** han gu geum a geur **한국 음악을** 韓.姑.滾.阿.古兒.

• 例句 •

我喜歡『大長今』。

jeo neun dae jang geu meur jo a hae yo

저는 대장금을 좋아해요.

走.嫩.貼.張.古.門兒.秋.阿.黑.喲.

我是李英愛的粉絲。

jeo neun i yeong ae ssi pae ni e yo

저는 이영애씨 팬이에요.

走.嫩.衣.用.耶.西.配.妮.也.喲.

我喜歡韓國料理。

jeo neun han gug yo ri reur jo a hae yo

저는 한국요리를 좋아해요.

走.嫩.韓.姑.喲.里.路.秋.阿.黑.喲.

覺得韓國如何？

han gug eo ttae yo

한국 어때요?

韓.姑.喔.爹.喲.

在韓國很快樂。

han gu geun jae mi i sseo yo

한국은 재미있어요.

韓.姑.滾.切.米.衣.手.喲.

141

韓國人很親切。

han guk sa ra meun chin jeol hae yo

한국사람은 친절해요.

韓．哭．莎．拉．運．親．切．黑．喲．

韓國很好。

han gug eun a ju jo a yo

한국은 아주 좋아요.

韓．姑．運．阿．阻．秋．阿．喲．

韓國最棒了。

han gu geun choe go ye yo

한국은 최고예요.

韓．姑．滾．吹．夠．也．喲．

要多聯絡哦

請告訴我＋○○。

ga reu cheo ju se yo

名詞＋가르쳐 주세요 .

卡 路 醜　阻 誰 喲

電話號碼	住址	姓名
jeon hwa beon ho	ju so	seong ham
전화번호	주소	성함
怎.化.崩.呼.	阻.嫂.	松.航.

生日	年齡	房間號碼
saeng ir	na i	bang beon ho
생일	나이	방 번호
先.憶兒.	那.衣.	胖.崩.呼.

• 例句 •

請告訴我你的網址。

i me ir ju so reur ga reu cheo ju se yo

이메일 주소를 가르쳐 주세요.

衣.梅.憶兒.阻.嫂.路.卡.路.醜.阻.誰.喲.

我會傳電子郵件給你。

i me ir bo nael ge yo

이메일 보낼게요.

衣.梅.憶兒.普.內兒.給.喲.

請傳電子郵件給我。

i me ir ju se yo

이메일 주세요.

衣.梅.憶兒.阻.誰.喲.

再會啦！

tto bwa yo

또 봐요.

都.拔.喲.

請務必到台灣來。

dae ma ne kko go se yo

대만에 꼭 오세요.

貼.罵.內.勾.夠.誰.喲.

我們在台灣見面吧。

dae ma ne seo man na yo

대만에서 만나요.

貼.馬.內.瘦.罵.那.喲.

我會再來。

tto ol ge yo

또 올게요.

都.喔.給.喲.

再會啦！

tto man na yo

또 만나요.

都.罵.那.喲.

1 一起追星去吧

○○＋很（真）＋○○。

OT **46**

名詞（가 / 이）＋形容詞（아/ 어/네）＋요.
　　　ka　 i　　　　　　　a　 eo　ne　　yo
　　　卡　衣　　　　　　　阿　喔　内　　喲

六
追
星
、
唱
卡
拉
OK

演技／出色

yeon gi ga / meo si sseo sseo

연기가／멋있었어

又.幾.卡.／末.細.手.手.

笑容／迷人

un neun pyo jeong i / me ryeog jeo gi e

웃는 표정이／매력적이에

恩.嫩.票.窮.衣.／梅.流.走.幾.也.

跳舞／酷

daen seu ga/ meo si sseo sseo

댄스가／멋있었어

蛋.思.卡.／末.細.手.手.

皮膚／漂亮

pi bu ga / jon ne

피부가／좋네

匹.樸.卡.／秋.內.

• **例句** •

初次見面，你好！

cheo um beb ge seum ni da an nyeong ha se yo

처음 뵙겠습다.안녕하세요.

醜.雲.陪.給.師母.妮.打.安.生恩.哈.誰.喲.

辛苦了。

su go hae sseo yo

수고했어요.

樹.夠.黑.手.喲.

145

我是你的粉絲。

pe ni e yo

팬이에요.

配.妮.也.喲.

好想見你！

man na go si peo sseo yo

만나고 싶었어요.

罵.那.夠.細.波.手.喲.

我想念你。

bo go si peo sseo yo

보고 싶었어요.

普.夠.細.波.手.喲.

我愛你。

sa rang hae yo

사랑해요.

莎.郎.黑.喲.

我超喜歡你的。

jeong mar jo a hae yo

정말 좋아해요.

窮.馬.秋.阿.黑.喲.

本人比較漂亮喔！

sil mu ri deo meot ji se yo

실물이 더 멋지세요.

吸.木.里.朵.摸.吉.誰.喲.

我一直都有在看你喔！

eon je na jar bo go i sseo yo

언제나 잘 보고 있어요.

恩.姊.那.彩兒.普.夠.衣.手.喲.

我很喜歡你的歌。

dang si ne no re reur jo a he yo

당신의 노래를 좋아해요.

當.細.內.努.淚.路.秋.阿.黑.喲.

打起精神來哦！

him nae se yo

힘 내세요.

嬉母.內.誰.喲.

○○＋（看）這裡。

yeo gi yo
○○＋여기요!
有 幾 喲

哥哥（女用）	大哥（男用）	姐姐（女用）	姐姐（男用）
o ppa	hyeong	eon ni	nu na
오빠~	형~	언니~	누나~
喔.爸.	玄.	恩.妮.	努.那.

•例句•

哇！ wa **와아~!** 娃.
好可愛！ gwi yeo wo yo **귀여워요!** 桂.有.我.喲.
好酷哦！ meo si sseo yo **멋있어요!** 末.西.手.喲.

太漂亮啦！

ye ppeo yo

예뻐요!

也.撥.喲.

好棒喔！

jal ha ne yo

잘하네요!

採.哈.內.喲.

我愛你！

sa rang hae yo

사랑해요!

莎.郎.黑.喲.

超喜歡你！

neo mu jo a yo

너무 좋아요!

娜.木.秋.阿.喲.

到這邊！

yeo gi ro o se yo

여기로 오세요.

有.幾.樓.喔.誰.喲.

再多說一點話！

jom deo yae gi hae jwo yo

좀 더 얘기해줘요!

從.朵.永.幾.黑.錯.喲.

別走！

ga ji ma se yo

가지 마세요.

卡.吉.馬.誰.喲.

棒極啦！

choe go ye yo

최고예요!

吹.夠.也.喲.

再來一次！再來一次！

aeng kor aeng kor

앵, 콜! 앵,콜!

昂.口爾.昂.口爾.

不要哭！不要哭！

ur ji ma ur ji ma

울, 지, 마! 울, 지, 마!

兒.吉.馬.兒.吉.馬.

3 握手簽名

請（跟我、幫我）＋○○。 ○ 48

動詞 (아/어) ＋해주세요.
　　　　a　eo　　hae ju se yo
　　　　阿　喔　　黑阻塞喲

握手	簽名	也寫上名字
ak su	ssa in	i reum do sseo
악수	싸인	이름도 써
阿苦.樹.	沙.音.	衣.樂母.土.手.

寫一句話	聯絡	親我
han ma di sseo	yeol lak	ppo ppo
한마디 써	연락	뽀뽀
韓.馬.低.手.	又.拉.（給.）	伯.伯.

•例句•

我想跟你一起拍照。

ga chi sa jin jjik go si peo yo

같이 사진찍고 싶어요.

卡.氣.莎.親.幾.夠.細.波.喲.

請收下這個。

i geo ba da ju se yo

이거 받아주세요.

衣.勾.爬.打.阻.誰.喲.

151

這是禮物。

seon mu ri e yo

선물이에요.

松.木.里.也.喲.

請保重身體。

mom jo sim ha se yo

몸 조심하세요.

母.秋.心.哈.誰.喲.

路上小心。

jo sim hi ga se yo

조심히 가세요.

秋.心.米.卡.誰.喲.

身體永遠健康。

neur geon gang ha se yo

늘 건강하세요.

奴.滾.幹.哈.誰.喲.

別太勉強自己哦。

neo mu mu ri ha ji ma se yo

너무 무리하지 마세요.

娜.木.木.里.哈.吉.馬.誰.喲.

再接再厲，加油哦！

ap eu ro do him nae se yo

앞으로도 힘내세요.

阿布.屋.樓.土.嬉母.內.誰.喲.

4 唱卡拉 OK

○○＋多少（錢）呢？　　○49

數量＋얼 마예요?

eol ma ye yo

偶而 馬 也 喲

每一個人	兩人	每一個小時
han sa ram dang	dur i seo	han si gan dan (geol)
한사람당	둘이서	한시간당
韓.莎.郎.當.	土.衣.瘦.	韓.細.卡.蛋.（勾.）

全部加起來	一半的話
da hap cheo seo	ba ni myeon
다 합쳐서	반이면
打.哈普.醜.瘦.	爬.妮.冤.

• 例句 •

我們來去唱卡拉OK吧！

no rae bang e ga yo

노래방에 가요.

努·雷·胖·也·卡·喲.

基本費要多少？

gi bon yo geu mi eol ma ye yo

기본요금이 얼마예요?

給·本·喲·古·米·<u>偶而</u>·馬·也·喲.

要怎麼使用遙控器？

ri mo ko neun eo tteo ke sa yong hae yo

리모콘은 어떻게 사용해요?

里·某·庫·能·喔·透·客·沙·用·黑·喲.

有中文歌嗎？

jung gug no rae do i sseo yo

중국 노래도 있어요?

中·哭·努·雷·土·衣·手·喲.

我要點飲料。

eum ryo su ju mun hal ge yo

음료수 주문할게요.

恩·料·樹·阻·木·<u>哈兒</u>·給·喲.

154

接下來誰唱？

da eum cha re neun nu gu ye yo

다음 차례는 누구예요?

打.恩.擦.劣.能.努.姑.也.喲.

唱得真好。

jar ha si ne yo

잘 하시네요.

差.拉.細.內.喲.

一起唱吧！

ga chi no rae hae yo

같이 노래해요.

尬.奇.努.雷.黑.喲.

可以延長嗎？

yeon jang har su i sseo yo

연장할 수 있어요?

言.張.哈兒.樹.衣.手.喲.

麻煩（我要）＋○○。

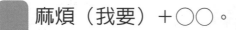

OT**50**

名詞＋부탁합니다.

bu ta kam ni da

樸 他 看 你 打

基本護膚	去污垢	海藻敷臉	去毛
gi bon ko seu	ttae mi ri	hae cho paeg	teol ppop gi
기본코스	때밀이	해초팩	털뽑기
幾.本.庫.思.	爹.米.里.	黑.求.佩.	拖兒.撥.幾.

全身按摩	臉部按摩	腳底按摩
jeon sin ma sa ji	eol gur ma sa ji	bar ma sa ji
전신 마사지	얼굴 마사지	발 마사지
怎.心.馬.莎.吉.	偶而.骨.馬.莎.吉.	拔.馬.莎.吉.

●例句●

給我看一下價目表。

me nyu jom bo yeo ju se yo

메뉴 좀 보여 주세요.

梅.牛.從.普.喲.阻.誰.喲.

麻煩我要做預約的基本護膚。

ye ya kan ko seu ro bu ta kam ni da

예약한 코스로 부탁합니다.

也.牙.刊.庫.思.樓.樸.他.看.妮.打.

我沒有預約，可以嗎？

ye ya geur mo taen neun de gwaen cha na yo

예약을 못했는데 괜찮아요?

也.牙.<u>古兒</u>.母.爹.嫩.爹.跪.恰.那.喲.

要等很久嗎？

ma ni gi da ryeo ya dwae yo

많이 기다려야 돼요?

馬.妮.幾.打.留.牙.腿.喲.

30分的話我等。

sam sip bun jeong do myeon gi da ril ge yo

30분 정도면 기다릴게요.

<u>山母</u>.細.噴.窮.土.冕.幾.打.<u>立兒</u>.給.喲.

全身按摩要多少錢？

jeon sin ma sa ji eol ma ye yo

전신 마사지 얼마예요?

怎.心.馬.莎.奇.<u>偶而</u>.馬.也.喲.

置物櫃在哪裡？

bo gwan ha meun eo di ye yo

보관함은 어디예요?

普.光.哈.運.喔.低.也.喲.

157

有＋○○。 ◯51

名詞(이/가)＋있어요.
_i _{ga}　_{i sseo yo}
衣 卡　　衣 手 喲

過敏

al le reu gi ga

알레르기가

阿兒.淚.路.幾.卡.

異位性皮膚炎

a to pi ga

아토피가

阿.偷.匹.卡.

花粉症

kkot ga ru al le reu gi

꽃가루 알레르기

扣特.卡.魯.阿兒.淚.路.幾.

失眠症

bul myeon jeung

불면증

普.冤.真.

• 例句 •

我皮膚比較敏感。

pi bu ga min gam hae yo

피부가 민감해요.

匹.樸.卡.敏.卡母.黑.喲.

好像腫起來了。

bu eun geot ga ta yo

부은 것 같아요

樸.運.勾.卡.他.喲.

紅腫起來了。

ppal ga ke bu eo sseo yo

빨갛게 부었어요.

巴.卡.客.樸.喔.手.喲.

皮膚會刺痛。

pi bu ga hwa kkeun hwa kkeun hae yo

피부가 화끈화끈해요.

匹.樸.卡.化.滾.化.滾.黑.喲.

沒問題。

gwaen cha na yo

괜찮아요.

跪.恰.那.喲.

我口渴。

gal jeung i na yo

갈증이 나요.

<u>卡兒</u>.真.衣.那.喲.

請給我水。

mur jom ju se yo

물 좀 주세요.

木.從.阻.誰.喲.

159

房間很熱。

bang i deo wo yo

방이 더워요.

胖.衣.朵.我.喲.

床很冷。

chim dae ga cha ga wo yo

침대가 차가워요.

七母.貼.卡.恰.卡.我.喲.

好像又活過來啦！

sar geot ga ta yo

살 것 같아요.

沙兒.勾.卡.他.喲.

---

3 太舒服啦

太＋○○。

〇52

neo mu
너무＋形容詞。
弄　木

燙	熱	痛	貴
tteu geo wo yo	deo wo yo	a pa yo	bi ssa yo
뜨거워요	더워요	아파요	비싸요
度.勾.我.喲.	朵.我.喲.	阿.怕.喲.	比.沙.喲.

•例句•

請躺下來。

nu u se yo

누우세요.

努.屋.誰.喲.

請用趴的。

eop deu ri se yo

엎드리세요.

喔.的.里.誰.喲.

很痛。

a pa yo

아파요.

阿.怕.喲.

有一點痛。

jom a pa yo

좀 아파요.

從.阿.怕.喲

請小力一點。

deo ya ka ge hae ju se yo

더 약하게 해 주세요.

透.牙.卡.給.黑.阻.誰.喲.

很舒服。

si won hae yo

시원해요.

細.旺.黑.喲.

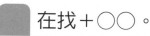

1 血拼前暖身一下

在找＋○○。

chat go　i sseo yo
名詞＋찾고 있어요.
　　　茶夠　衣手喲

西裝	連身裙	裙子
yang bog	won pi seu	seu keo teu
양복	원피스	스커트
楊.伯.	旺.匹.思.	思.空.特.

褲子	牛仔褲	T恤
ba ji	cheong ba ji	ti syeo cheu
바지	청바지	티셔츠
爬.吉.	窮.爬.吉.	提.羞.秋.

休閒襯衫	Polo襯衫	女用襯衫
kae ju eor syeo cheu	pol lo syeo cheu	beul la u seu
캐주얼 셔츠	폴로 셔츠	블라우스
給.阻.偶而.羞.秋.	普洱.樓.羞.秋.	笨兒.拉.無.思.

毛衣	夾克	外套
seu we teo	ja ket	ko teu
스웨터	자켓	코트
思.位.拖.	叉.給.	庫.特.

內衣 so got 속옷 嫂．姑特．	背心 jo kki 조끼 秋．忌．	領帶 nek ta i 넥타이 內．他．衣．
帽子 mo ja 모자 母．叉．	襪子 yang mar 양말 楊．馬．	太陽眼鏡 seon geul la seu 선글라스 松．股．拉．思．

• 例句 •

歡迎光臨！

eo seo o se yo

어서 오세요.

喔．瘦．喔．誰．喲．

您要找什麼呢？

mwo cha jeu se yo

뭐 찾으세요?

某．擦．之．誰．喲．

請您試一下？

i beo (si neo) bo se yo

입어 (신어) 보세요.

衣．波．（細．娜．）普．誰．喲．

這要多少錢？

i geo eol ma ye yo

이거 얼마예요?

衣.勾.<u>偶西</u>.馬.也.喲.

這是什麼？

i geo mwo ye yo

이거 뭐예요?

衣.勾.某.也.喲.

給我看那個。

jeo geot jom bo yeo ju se yo

저것 좀 보여 주세요.

走.勾.從.普.喲.阻.誰.喲.

我只是看看而已。

geu nyang jom bol lyeo gu yo

그냥 좀 볼려구요.

哭.娘.從.波.溜.姑.喲.

我不買。

dwae sseo yo

됐어요.

退.手.喲.

我會再來。

da si ol ge yo

다시 올게요.

他.細.喔.給.喲.

到幾點呢?

myeot si kka ji hae yo

몇 시까지 해요?

苗.細.嘎.奇.黑.喲.

2 挑選商品

可以＋○○＋嗎?

○54

a   eo   he   do   dwae yo

動詞 (아/어/해) 도＋돼요?

阿 喔 哈 　 土 　 腿 喲

摸	套套看
man jeo do	jo geum geol cheo i beo do
만져도	조금 걸쳐 입어도
罵.走.	秋.滾.勾.醜.衣.破.

戴戴看	配戴看看
sseo bwa do	he bwa do
써 봐도	해 봐도
手.拔.	黑.拔.

• 例句 •

小姐。

yeo gi yo

여기요 !

由.幾.喲.

哪種特產賣得最好？

in gi it neun seon mu ri muo ye yo

인기 있는 선물이 뭐예요 ？

音.幾.乙.嫩.松.木.里.某.也.喲.

我要買送朋友的特產，什麼比較好呢？

chin gu e ge jur teu san pum son mul lo mwo ga jo eul kka yo

친구에게 줄 특산품 선물로 뭐가 좋을까요?

親.姑.耶.給.珠.特.三.撲母.松.母.樓.某.卡.書.呼.而.卡.喲.

我在找跟這個一樣的東西。

i geot gwa ga teun geo seur chat go in neun de yo

이것과 같은 것을 찾고 있는데요.

衣.勾.瓜.卡.吞.勾.思兒.差.姑.乙.能.爹.喲.

這個如何呢？

i geon eo ttae yo

이건 어때요?

衣．滾．喔．爹．喲．

那我不喜歡。

geu geon ma eu me an deu reo yo

그건 마음에 안 들어요.

哭．滾．馬．恩．梅．安．都．樓．喲．

可以試穿嗎？

i beo bwa do dwae yo

입어 봐도 돼요?

衣．波．拔．土．腿．喲．

有大一點的嗎？

jom deo keun ge i sseo yo

좀더 큰 게 있어요?

從．透．困．給．衣．手．喲．

這要怎麼用呢？

i geon eo tteo ke sseu neun geo ye yo

이건 어떻게 쓰는 거예요?

衣．滾．喔．透．客．射．能．勾．也．喲．

3 一定要試穿

可以＋○○嗎？

○○（아/어/해）봐도＋될까요？

a   eo   he   bwa do   doel kka yo

阿　喔　哈　　拔　土　　腿　嘎　喲

試穿看看	試穿看看	試吃看看
i beo bwa do	si neo bwa do	meo geo bwa do
입어 봐도	신어 봐도	먹어 봐도
衣.破.拔.土.	細.娜.拔.土.	末.勾.拔.土.

• 例句•

可以試穿一下嗎？

si neo bwa do dwae yo

신어 봐도 돼요?

細.諾.拔.土.腿.喲.

我可以試戴這個嗎？

i geo hae bwa do dwae yo

이거, 해 봐도 돼요?

衣.勾.黑.拔.土.腿.喲.

這邊請。

i jjo geu ro o se yo

이쪽으로 오세요.

衣.秋.古.樓.歐.誰.喲.

可以改短一點嗎？

gi jang ur ju rir su i sseo yo

기장을 줄일 수 있어요?

給·張·兒·珠·<u>里兒</u>·樹·衣·手·喲.

我很喜歡。

cham ma u me deu reo yo

참 마음에 들어요.

摻·馬·烏·梅·土·樓·喲.

---

4 尺寸不合啦

有不同的＋○○＋嗎？　　　　　　　**56**

da reun　　　　　　eun neun　　　i sseo yo

다 른+**名詞**（은/는）+있어요**?**

打 <u>輪恩</u>　　　　　運 嫩　　　衣 手 喲

設計	尺寸	顏色
di ja i neun	sa i jeu neun	sae geun
디자인은	사이즈는	색은
低·叉·衣·嫩.	莎·衣·子·嫩.	誰·滾.

花樣	料子
mu ni neun	jae jir
무늬는	재질
木.妮.嫩.	切.其.

•例句•

幫我量一下尺寸。

je chi su jom jae eo ju se yo

제 치수 좀 재어 주세요.

姊.氣.樹.從.切.喔.阻.誰.喲.

有小一點的嗎？

jom deo ja geun ge i sseo yo

좀 더 작은 게 있어요?

從.透.叉.滾.給.衣.手.喲.

再給我看一下大一號的。

han chi su keun geo seu ro bo yeo ju se yo

한 치수 큰 것으로 보여 주세요.

韓.氣.樹.困.勾.思.樓.普.喲.阻.誰.喲.

有大一點的嗎？

deo keun geo seun i sseo yo

더 큰 것은 있어요？

朵.肯.勾.順.衣.手.喲.

您尺寸多大？

sa i jeu ga eo tteo ke doe se yo

사이즈가 어떻게 되세요?

莎.衣.子.卡.喔.透.客.腿.誰.喲.

5 買化妝品

我在意＋○○。

○○（가／이）＋신경 쓰여요.
　　 卡　衣　　心宮　射有喲

皮膚乾燥	青春痘	皮膚鬆弛
pi bu geon jo ga	yeo deu reu mi	pi bu neu reo ji mi
피부건조가	여드름이	피부늘어짐이
匹.樸.滾.秋.卡.	有.的.路.米.	匹.樸.呢.樓.吉.米.

黑斑	皺紋	肌膚暗沈
ju geun kke ga	ju reu mi	chik chik ha mi
주근깨가	주름이	칙칙함이
阻.滾.給.卡.	阻.路.米.	七個.七個.哈.米.

• 例句 •

哪個賣得最好？

eo tteon ge in gi in na yo

어떤게 인기 있나요?

喔.通.給.音.幾.音.那.喲.

我在找這種產品。

i sang pu meur chat go in neun de yo

이 상품을 찾고 있는데요.

衣.商.噴.門兒.姑.夠.音.嫩.爹.喲.

我想買化妝水。

seu ki neur jom sa go si peun de yo

스킨을 좀 사고 싶은데요.

司.忌.奴.從.莎.姑.系.噴.爹.喲.

BB霜在哪裡？

BB keu ri meun eo di i sseo yo

bb크림은 어디 있어요?

逼.逼.苦.力.悶.喔.低.衣.手.喲.

我很煩惱〇〇。

〇〇ga(i)go mi ni e yo

〇〇가(이)고민이에요.

〇〇.卡.(衣.)夠.米.妮.也.喲.

有青春痘專用的嗎？

yeo deu reum jeo nyong i i sseo yo

여드름 전용이 있어요?

有.毒.<u>樂母</u>.怎.用.衣.衣.手.喲.

哪一種產品適合呢？

eo tteon je pu mi jal ma jeur geot ga teu se yo

어떤 제품이 잘맞을 것 같으세요?

喔.通.姊.噴.米.採.馬.<u>子兒</u>.勾.卡.特.誰.喲.

有什麼效果呢？

eo tteon hyo gwa ga i sseo yo

어떤 효과가 있어요?

喔.通.永.瓜.卡.衣.手.喲.

很有人氣。

in gi ga i sseo yo

인기가 있어요.

音.幾.卡.衣.手.喲.

可以試用化妝品嗎？

hwa jang pu meur sseo bwa do doe na yo

화장품을 써 봐도 되나요?

化.張.碰.<u>門兒</u>.搜.拔.土.推.娜.喲.

174

我要五條口紅。

rip seu tig da seot gae ju se yo

립스틱 다섯 개 주세요.

<u>力普</u>.司.荖.打.手.給.阻.誰.喲.

請告訴我使用順序。

sa yong sun seo reur ga reu cheo ju se yo

사용순서를 가르쳐 주세요.

莎.喲.用.順.瘦.路.卡.路.醜.阻.誰.喲.

有試用品嗎？

gyeon bon pu meun i sseo yo

견본 품은 있어요?

宮.本.噴.運.衣.手.喲.

試用品要多給我一點喔！

saem peu reur ma ni ju se yo

샘플을 많이 주세요.

現.普.魯.罵.你.阻.誰.喲.

6 買鞋子

給我＋○○。

名詞＋ 주세요.
ju se yo
阻 塞 喲

休閒運動鞋	涼鞋	無帶淺口有跟女鞋
seu ni keo jeu	saen deur	peom peu seu
스니커즈	샌들	펌프스
思．妮．空．子．	先．都．	碰．普．思．

無後跟的女鞋	高跟鞋	靴子	短馬靴
myur	ha i hir	bu cheu	syo teu bu cheu
뮬	하이힐	부츠	쇼트 부츠
妙兒．	哈．衣．衣兒．	樸．秋．	秀．特．樸．秋．

網球鞋	登山鞋	木屐
te ni seu hwa	teu re king hwa	jjo ri saen deur
테니스화	트레킹화	쪼리샌들
貼．妮．思．化．	特．淚．金．化．	秋．里．先．都．

• 例句 •

尺寸合嗎？
jar ma ja yo
잘 맞아요?
叉．馬．加．喲．

176

剛剛好。

ttag ma ja yo

딱 맞아요.

當.馬.加.喲.

這太小了一點。

i geon jom ja geun de yo

이건 좀 작은데요.

衣.滾.從.叉.滾.爹.喲.

再給我小一點的尺寸。

jom deo ja geun sa i jeu reur bo yeo ju se yo

좀 더 작은 사이즈를 보여 주세요.

從.透.叉.滾.莎.衣.子.魯.普.喲.阻.誰.喲.

這個尺寸有沒有白色的。

i sa i jeu ro hin sae geop seo yo

이 사이즈로 흰색 없어요?

衣.莎.衣.子.樓.很.誰.勾.手.喲.

可以走一下嗎？

jom geo reo bwa do dwae yo

좀 걸어 봐도 돼요?

從.勾.樓.拔.土.腿.喲.

這是真皮的喔！

i geo seun jin jja ga ju gi e yo

이것은 진짜 가죽이에요.

衣.勾.順.親.恰.卡.豬.幾.也.喲.

7 這鑽戒真可愛

太＋○○了嗎？

neo mu

너무＋形容詞（아 / 어 / 나 / 은가）＋요?

弄 木　　　　　阿　喔　那　運 卡　　喲

大	小	寬鬆
keun ga	ja geun ga	yeo yu ga in na
큰가	작은가	여유 있나
肯.卡.	叉.滾.卡.	有.友.卡.音.那.

緊	高	矮
yeo yu ga eom na	no pa	na ja
여유가 없나	높아	낮아
有.友.卡.歐姆.那.	努.怕.	那.叉.

短	長
jjal ba	gi reo
너무짧아	너무길어
恰兒.爬.	幾.樓.

• 例句 •

這寶石戒真可愛。

bo seog ban ji do cham ye ppeu ne yo

보석 반지도 참 예쁘네요.

衣.普.惜.胖.奇.土.槍.也.不.耐.喲.

可以給我看鑽戒嗎？

da i a mon deu ban ji jom bo yeo ju si ge sseo yo

다이아몬드 반지 좀 보여 주시겠어요?

打.衣.阿.胖.奇.從.普.喲.阻.細.給.手.喲.

請告訴我誕生石。

tan saeng seo geur ga reu cheo ju se yo

탄생석을 가르쳐 주세요.

誕.先.瘦.古兒.卡.路.秋.阻.誰.喲.

這個可以試戴一下嗎？

i geo kki eo bwa do doe na yo

이거 끼어 봐도 되나요?

衣.科.忌.喔.拔.土.腿.娜.喲.

這是18K金的嗎？

i geon sip pal geu mi e yo

이건 18금이에요?

衣．滾．細．八．滾．米．愛．喲.

這是幾克拉？

i geon myeot kae reo si jo

이건 몇 캐럿이죠?

衣．滾．秒．給．樓．細．酒.

那是3克拉。

geu geon sam kae reo si e yo

그건 3캐럿이에요.

哭．滾．山母．給．樓．細．愛．喲.

這是真的還是假的？

i geo jin jja ye yo mo jo pu mi e yo

이거 진짜예요? 모조품이에요?

衣．勾．親．恰．也．喲．某．抽．普．米．愛．喲.

這好像是假的。

i geon ga jja gan ne yo

이건 가짜 같네요.

衣．滾．卡．恰．伽．內．喲.

有小一號的嗎？

han chi su ja geun sa i jeu neun eom na yo

한 치수 작은 사이즈는 없나요?

韓.氣.樹.叉.滾.莎.衣.子.能.歐.娜.喲.

8 買食物

○○＋在哪裡？

○ᵀ60

名詞 （은/는） ＋어디예요?

eun neun　　　eo di ye yo

運 嫩　　　喔低也喲

傳統茶專區

jeon tong cha ko neo neun

전통차 코너는

怎.痛.恰.庫.娜.嫩.

餅乾專區

gwa ja ko neo neun

과자 코너는

瓜.叉.庫.娜.嫩.

速食食品專區

in seu teon teu sik pum ko neo neun

인스턴트식품 코너는

音.思.通.特.西.撲母.庫.娜.嫩.

調味料專區

jo mi ryo ko neo neun

조미료 코너는

秋.米.料.庫.娜.嫩.

鮮魚專區	蔬菜專區
saeng seon ko neo neun	ya chae ko neo neun
생선 코너는	야채 코너는
先.松.庫.娜.嫩.	牙.切.庫.娜.嫩.

•例句•

服務台在哪裡？

go gaek sen teo neun eo di e i sseo yo

고객센터는 어디에 있어요?

夠.給.仙.拖.嫩.喔.低.也.衣.手.喲.

這是什麼泡菜呢？

i geon mu seun gim chi ye yo

이건 무슨 김치예요?

衣.滾.木.順.金母.氣.也.喲.

有白菜泡菜嗎？

be ju gim chi i sseo yo

배주 김치 있어요?

配.阻.金母.氣.衣.手.喲.

可以試吃嗎？

si si kae bwa do dwae yo

시식해 봐도 돼요?

細.細.給.拔.土.腿.喲.

一公斤多少錢？

il kkil lo e eol ma ye yo

일킬로에 얼마예요?

<u>憶兒</u>.寄.樓.也.<u>偶而</u>.馬.也.喲.

這個請幫我稱一下。

i geo jom jae ju se yo

이거 좀 재주세요.

衣.勾.從.切.阻.誰.喲.

請給我這泡菜一顆。

i gim chi han po gi ju se yo

이 김치 한포기 주세요.

衣.<u>金母</u>.氣.韓.普.幾.阻.誰.喲.

給我〇〇韓元份。

won eo chi ju se yo

〇〇원어치 주세요.

旺.喔.氣.阻.誰.喲.

能保鮮幾天？

myeo chir jeong do ga yo

며칠 정도 가요?

妙.<u>妻兒</u>.窮.土.卡.喲.

給我袋子。

bong tu ju se yo

봉투 주세요.

崩.凸.阻.誰.喲.

---

9 討價還價

請＋○○（一點）。 ○ 61

hae ju se yo

形容詞＋해주세요.

黑 阻 塞 喲

便宜	快	（弄）小
ssa ge	ppal li	jak ge
싸게	빨리	작게
沙.給.	巴.里.	假.給.

（弄）好提	（弄）漂亮	再便宜一些
ga jeo ga gi swip ge	ye ppeu ge hae ju se yo	jom deo ssa ge
가져가기 쉽게	예쁘게 해주세요.	좀 더 싸게
卡.走.卡.幾.睡.給.	也.不.給.黑.阻.誰.喲.	從.朵.沙.給.

多少錢呢？

eol ma ye yo

얼마예요?

<u>偶而</u>.馬.也.喲.

全部多少錢呢？

da hap cheo seo eol ma ye yo

다 합쳐서 얼마에요?

打.<u>哈普</u>.秋.瘦.<u>偶而</u>.馬.也.喲.

這太貴了。

i geon neo mu bi ssa yo

이건 너무 비싸요.

衣.滾.弄.木.皮.沙.喲.

算便宜一點啦！

ssa ge hae ju se yo

싸게 해 주세요.

殺.給.黑.阻.誰.喲.

付現可以打幾折？

hyeon geu mi myeon eol ma na ha rin dwae yo

현금이면 얼마나 할인돼요?

玄.滾.衣.免.<u>偶而</u>.馬.娜.<u>哈兒</u>.音.腿.喲.

打八折。

i sip peo sen teu ha rin hae deu ril ge yo

20% 할인해 드릴게요.

易．細．婆．仙．特．<u>哈兒</u>．音．黑．的．<u>立兒</u>．給．喲．

謝謝你！

go ma wo yo

고마워요.

夠．馬．我．喲．

我買這個

給我＋○○。

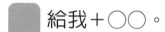

○**62**

ju se yo

數量＋주세요.

阻塞喲

一個	一張	一個
ha na	han jang	han gae
하나	한장	한개
哈．那．	韓．張．	韓．給．

一台	一本（書）
han dae	han gwon
한대	한권
韓.貼.	韓.鍋.

•例句•

我買這個。

i geo sal kke yo

이거 살께요.

衣.勾.<u>沙兒</u>.給.喲.

給我這兩個跟那一個。

i geo du gae ha go jeo geo ha na ju se yo

이거 두개하고 저거 하나 주세요.

衣.勾.讀.給.哈.姑.走.科.哈.娜.阻.誰.喲.

麻煩算帳。

gye san hae ju se yo

계산해 주세요.

給.傘.黑.阻.誰.喲.

32600圜。

sam ma ni chen yuk bae gwon im ni da

삼만이천육백 원입니다.

三.滿.易.餐.<u>育苦</u>.倍.鍋.伊.你.打.

收您四萬圓。

sa ma nwon ba dat seum ni da

사만원 받았습니다.

沙.滿.弄.爬.大.師母.你.大.

找您7400圓。

geo seu reum don chil chen sa bae gwon im ni da

거스름돈 7,400원입니다.

科.司.樂母.洞.七.餐.沙.倍.光.因.你.打.

您付現還是刷卡？

hyeon geu meu ro ji bul ha sir geo ye yo? a ni myeon ka deu se yo

현금으로 지불하실 거예요? 아니면 카드세요?

玄.古.木.樓.奇.普.哈.吸.哥.也.喲.阿.尼.免.卡.的.誰.喲.

我付現。

hyeon geu mi e yo

현금이에요.

玄.古.米.愛.喲.

可以刷卡嗎？

ka deu ro gye san har su i sseo yo

카드로 계산할 수 있어요?

卡.的.樓.給.三.哈兒.樹.衣.手.喲.

不，不能刷卡。

a ni yo sa yong har su eop seum ni da

아니요.사용할 수 없습니다.

阿.妮.喲.莎.喲.用.<u>哈兒</u>.樹.<u>歐不</u>.<u>師母</u>.妮.打.

可以使用優待票嗎？

ku pon eun sa yong har su i sseo yo

쿠폰은 사용할 수 있어요?

庫.朋.運.莎.喲.用.<u>哈兒</u>.樹.衣.手.喲.

請這裡簽名。

yeo gi e seo myeong hae ju se yo

여기에 서명해 주세요.

有.幾.耶.瘦.妙.黑.阻.誰.喲.

金額不對。

geum ae gi an ma ja yo

금액이 안맞아요.

滾.耶.幾.安.馬.叉.喲.

請找錢。

geo seu reum don ju se yo

거스름돈 주세요.

勾.思.<u>樂母</u>.洞.阻.誰.喲.

給我收據。

yeong su jeung ju se yo

영수증 주세요.

用.樹.真.阻.誰.喲.

歡迎再度光臨。

tto o se yo

또 오세요.

都.喔.誰.喲.

11 包裝及配送

請（做）＋○○（一點）。

形容詞＋名詞＋해주세요.
hae ju se yo
黑 阻 塞 喲

可愛／包裝	快點／配送
ye ppeu ge / po jang	ppal l / bae dar
예쁘게／포장	빨리／배달
也.不.給.／普.張.	八.里.配.／大.爾.

再／確認	等一下／打電話
da si / han beon hwa gin	na jung e / jeon hwa
다시／한번 확인	나중에／전화
打.細.／韓.朋.化.金.	娜.中.愛.／怎.化.

例句•

可以幫我包成送禮的嗎？

seon mur yong eu ro po jang hae ju si ge sseo yo

선물용으로 포장해 주시겠어요?

松.母兒.用.惡.樓.普.張.黑.阻.細.給.手.喲.

送禮用的嗎？

seon mur yong i se yo

선물용이세요?

松.母兒.用.衣.誰.喲.

不，自己要用的。

a ni e yo je ga sseur geo ye yo

아니에요. 제가 쓸 거예요.

阿.尼.耶.喲.姊.卡.<u>思兒</u>.勾.也.喲.

是的，送禮用的。

ne seon mur yong i e yo

네. 선물용이에요.

耐.松.<u>母兒</u>.用.衣.愛.喲.

幫我個別包裝。

gak gak da reun bong tu e neo eo ju se yo

각각 다른 봉투에 넣어 주세요.

卡.嘎.打.<u>輪恩</u>.崩.凸.耶.挪.歐.阻.誰.喲.

幫我放在一個大袋子裡。

keun bong ji e neo eo ju se yo

큰 봉지에 넣어 주세요.

困.崩.奇.耶.諾.喔.阻.誰.喲.

請幫我放在袋子裡。

bong tu e neo eo ju se yo

봉투에 넣어주세요.

崩.凸.也.娜.喔.阻.誰.喲.

請再給我多一點袋子。

bong tu deo ju se yo

봉투 더 주세요.

崩.凸.朵.阻.誰.喲.

請幫我寄送到飯店。

i geo seur ho tel kka ji bae dal hae ju se yo

이것을 호텔까지 배달해 주세요.

衣.勾.思兒.呼.貼.嘎.吉.配.打.黑.阻.誰.喲.

這可以幫我寄到台灣嗎？

i geo dae ma neu ro bo nae ju sir su i sseo yo

이거 대만으로 보내 주실 수 있어요?

衣.科.貼.馬.呢.樓.普.內.阻.吸.樹.衣.手.喲.

運費要多少？

un song yo geu meun eol ma ye yo

운송 요금은 얼마예요?

運.鬆.喲.古.悶.偶而.馬.也.喲.

要花幾天？

myeo chir jeong do geol lyeo yo

며칠 정도 걸려요?

妙.妻兒.窮.土.勾.溜.喲.

到＋○○嗎？

○○ (에) ＋가요?
給　　　卡 喲

首爾車站	仁川機場	遊樂園	美術館
seo ur yeo ge	in cheon gong hang	yu won ji	mi sul gwan
서울역에	인천공항	유원지	미술관
瘦．兒．有．給．	音．窮．工．航．	友．旺．吉．	米．輸．光．

• 例句 •

這附近有地鐵車站嗎？

geun cheo e ji ha cheor yeo geun i sseo yo

근처에 지하철역은 있어요 ?

滾．醜．也．吉．哈．球．有．滾．衣．手．喲．

給我一張開往明洞的車票。

myeong dong haeng pyo han jang ju se yo

명동행 표 한 장 주세요.

妙．同．狠．票．韓．張．阻．誰．喲．

往釜山的是幾點？

bu san ga neun yeol cha myeot si e i sseo yo

부산 가는 열차 몇시에 있어요?

樸．傘．卡．能．友．擦．兇．細．也．衣．手．喲．

給我一般座位兩張。

il ban seo geur du jang ju se yo

일반석을 두 장 주세요.

<u>憶兒</u>.胖.瘦.<u>古兒</u>.讀.張.阻.誰.喲.

到釜山還要多久？

bu san kka ji eol ma na geol lyeo yo

부산까지 얼마나 걸려요 ?

樸.三.嘎.吉.<u>偶而</u>.馬.那.勾.溜.喲.

我要禁煙座位。

geum yeon seo geu ro bu ta kae yo

금연석으로 부탁해요.

滾.又.瘦.古.樓.樸.他.給.喲.

開往首爾的列車有幾點的呢？

seo ul haeng yeol cha neun myeot si e i sseo yo

서울행 열차는 몇 시에 있어요?

瘦.爾.狠.友.恰.嫩.妙.細.也.衣.手.喲.

請退我錢。

hwan bul hae ju se yo

환불해 주세요.

換.普.黑.阻.誰.喲.

195

要花幾分鐘呢？

myeot bun geol lyeo yo

몇 분 걸려요?

冤.崩.勾.溜.喲.

幾號月台呢？

myeot beon pl let po mi e yo

몇 번 플렛폼이에요?

冤.崩.普.雷.波.米.愛.喲.

在哪裡換車呢？

eo di seo ga ra ta yo

어디서 갈아타요?

喔.低.瘦.卡.拉.她.喲.

往公園的出口在哪裡？

gong wo neu ro na ga neun chul gu ga eo di ye yo

공원으로 나가는 출구가 어디예요?

工.我.呢.樓.娜.卡.能.糗.姑.卡.喔.低.也.喲.

末班車是幾點呢？

mak cha neun myeot si ye yo

막차는 몇 시예요？

忙.恰.嫩.妙.細.也.喲.

2 坐巴士玩遍大街小巷

我想＋○○。

65

名詞＋動詞고＋싶어요.
　姑　細　波　喲

go　si peo yo

行李／寄放	在這裡／休息
ji meur / mat gi go	yeo gi seo / swi go
짐을／맡기고	여기서／쉬고
<u>基母</u>.額.／馬.幾.夠.	有.幾.瘦.／書.夠.
台灣／寄到	一起／去
dae ma ne / bo nae go	ga chi / ga go
대만에／보내고	같이／가고
貼.馬.內.／普.內.夠.	卡.氣.／卡.夠.

例句•

開往慶州的車站在哪裡？

gyeong ju haeng ta neun go si eo di ye yo

경주행 타는 곳이 어디예요？

宮.阻.狠.他.嫩.夠.細.喔.低.也.喲.

給我四張往大邱的車票。

dae gu haeng ne jang ju se yo

대구행 네 장 주세요.

貼.姑.狠.內.張.阻.誰.喲.

仁川機場要怎麼走？

in cheon gong hang e eo tteo ke ga yo

인천공항에 어떻게 가요？

音.窮.工.航.愛.喔.透.客.卡.喲.

這公車往鐘路嗎？

i beo seu jong ro e ga yo

이 버스 종로에 가요？

衣.波.司.窮.樓.愛.卡.喲.

472號巴士可以到喔！

sa bag chil si bi beon beo seu reur ta myeon dwae yo

사백칠십이번 버스를 타면 돼요.

沙.倍.七.細.比.朋.波.司.魯.她.兔.腿.喲.

有幾分的休息時間呢？

hyu sik si ga neun myeot bun ga ni e yo

휴식시간은 몇 분간이에요？

休.西.細.卡.嫩.秒.噴.卡.妮.也.喲.

往東大門的巴士要在哪裡搭乘？

dong dae mu ne ka neun beo seu neun eo di seo ta yo

동대문에 가는 버스는 어디서 타요？

同.貼.目.內.哥.能.波.司.能.喔.低.瘦.她.喲.

到了文井洞請告訴我。

mun jeong dong e do cha ka myeon al lyeo ju se yo

문정동에 도착하면 알려 주세요.

悶.窮.同.愛.土.擦.卡.兔.<u>阿兒</u>.溜.阻.誰.喲.

在這裡下車。

yeo gi seo nae ryeo yo

여기서 내려요.

由.幾.瘦.內.溜.喲.

3 搭計程車

請到＋○○。 66

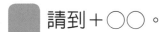

名詞＋ ga ju se yo **가 주세요 .**
卡　阻　誰　喲

這裡	景福宮	清潭洞
yeo gi ro	gyeong bok gung eu ro	cheong dam dong eu ro
여기로	경복궁으로	청담동으로
有.幾.樓.	宮.<u>伯克</u>.<u>姑恩</u>.屋.樓.	窮.談.同.屋.樓.

東大門	江南車站	鐘路
dong dae mu neu ro	gang nam yeo geu ro	jong ro ro
동대문으로	강남역으로	종로로
同.貼.木.呢.樓.	幹.男.有.古.樓.	窮.樓.樓.

• 例句 •

計程車！
taek si
택시！
特.細.

你好！
an nyeong ha se yo
안녕하세요.
安.<u>生恩</u>.哈.誰.喲.

司機先生。
gi sa nim
기사님.
幾.莎.<u>你母</u>.

請到這裡。
yeo gi jom ga ju se yo
여기 좀 가 주세요.
由.幾.從.卡.阻.誰.喲.

我到仁川。
in cheon kka ji ga yo
인천까지 가요.
音.窮.嘎.奇.卡.喲.

200

要花多久時間？

eo neu jeong do geol lil kka yo

어느 정도 걸릴까요?

喔．呢．窮．土．勾．立兒．嘎．喲.

請按計程表。

mi teo reur kyeo ju se yo

미터를 켜주세요.

米．拖．路．苛．阻．誰．喲.

請右轉。

o reun jjo geu ro ga ju se yo

오른쪽으로 가주세요.

喔．輪恩．秋．古．樓．卡．阻．誰．喲.

請開暖氣。

nan ban geur kyeo ju se yo

난방을 켜주세요.

難．胖．古兒．苛．阻．誰．喲.

請開慢一點。

cheon cheon hi ga ju se yo

천천히 가주세요.

窮．窮．衣．卡．阻．誰．喲.

請快一點。

seo dul leo ju se yo

서둘러 주세요.

瘦.土.漏.阻.誰.喲.

我在這裡下車。

yeo gi seo nae ril ge yo

여기서 내릴게요.

由.幾.瘦.內.立.給.喲.

請在那個大樓前停。

jeo bil ding a pe seo se wo ju se yo

저 빌딩 앞에서 세워 주세요.

走.<u>比兒</u>.定.阿.配.瘦.塞.我.阻.誰.喲.

麻煩，幫我打開後車箱。

teu reong keu jom yeo reo ju se yo

트렁크 좀 열어 주세요.

土.冷.苦.從.友.樓.阻.誰.喲.

多少錢呢？

eol ma ye yo

얼마예요？

<u>偶而</u>.馬.也.喲.

請找零。

geo seu reum don ju se yo

거스름돈 주세요.

ㄍ.思.樂母.洞.阻.誰.喲.

4 問路

可以＋○○＋嗎？

○67

do dwae yo
動詞도＋돼요?
土 腿 喲

問一下	去	看
mwo jom mu reo bwa do	ga do	bwa do
뭐 좀 물어봐도	가도	봐도
某.從.木.樓.拔.土.	卡.土.	拔.土.

吃	拿起來	休息一下
meo geo do	ji beo do	swi eo do
먹어도	집어도	쉬어도
末.勾.土.	吉.破.土.	書.喔.土.

•例句•

公車站在哪裡？

beo seu jeong ryu jang i eo di ye yo

버스 정류장이 어디예요？

波.司.成.流.長.伊.喔.低.也.喲.

不好意思，我迷路了。

sil lye ham ni da gi reur i reo sseo yo

실례합니다.길을 잃었어요.

吸.劣.哈.妮.打.幾.奴.衣.樓.手.喲.

（邊看地圖）我現在在哪裡？

je ga ji geum in neun go si eo di ye yo

제가 지금 있는 곳이 어디예요?

茄.嘎.七.滾.乙.能.勾.西.喔.低.也.喲.

請幫我指一下地圖。

ji do e pyo si hae ju se yo

지도에 표시해 주세요.

奇.土.耶.票.細.黑.阻.誰.喲.

往哪一條路走好呢？

eo neu gir ro ga ya hae yo

어느 길로 가야 해요.

喔.呢.幾.樓.卡.呀.黑.喲.

鞋店在哪裡呢？

gu du ga ge neun eo di ye yo

구두 가게는 어디예요?

姑.讀.卡.給.能.喔.低.也.喲.

要花多少時間？

eo neu jeong do geol lyeo yo

어느 정도 걸려요?

喔.呢.窮.土.勾.溜.喲.

大約10分鐘。

sib bun jeong do geol lyeo yo

10분 정도 걸려요.

細.噴.窮.毒.口.溜.喲.

5 指示道路

○○＋在哪裡？

68

名詞＋**어디예요?**
eo di ye yo
喔 低 也 喲

公車站	兌換處
beo seu ta neun go seun	hwan jeon so neun
버스 타는 곳은	환전소는
波.司.她.嫩.夠.孫.	換.怎.嫂.嫩.

藥局	觀光諮詢服務台
yak gu geun	gwan gwang an nae so neun
약국은	관광안내소는
牙.姑.滾.	狂.光.安.內.嫂.嫩.

• 例句 •

可以看到那邊的大建築物嗎？
jeo gi keun geon mu ri bo i si jo
저기 큰 건물이 보이시죠?
走.幾.困.肯.母.里.普.衣.細.酒.

那就是郵局。
geo gi ga u che gu gi e yo
거기가 우체국이에요.
勾.給.卡.屋.切.哭.幾.也.喲.

有地圖嗎？

ji do ga ji go i sseo yo

지도 가지고 있어요?

奇.土.卡.奇.姑.衣.手.喲.

這是近路嗎？

i gi ri ji reum gi ri e yo

이 길이 지름길이에요?

衣.幾.里.奇.路.幾.里.愛.喲.

往左轉。

oen jjo geu ro ga ju se yo

왼쪽으로 가 주세요.

孕.秋.古.樓.卡.阻.誰.喲.

直走。

jjug ga se yo

쭉 가세요.

豬.卡.誰.喲.

你先找餐廳的位置。

re seu to rang eul meon jeo cha jeu se yo

레스토랑을 먼저 찾으세요.

淚.司.偷.郎.爾.門.走.擦.阻.誰.喲.

6 郵局－買郵票

·例句·

69

郵局在哪裡？

u che gu geun eo di e yo

우체국은 어디에요?

無.切.姑.滾.喔.低.也.喲.

我要郵票。

u pyo ju se yo

우표 주세요.

無.票.阻.誰.喲.

給我450圜的郵票。

sa bae go si bwon jja ri u pyo ju se yo

사백 오십원짜리 우표 주세요.

莎.倍.夠.細.碰.恰.里.屋.票.阻.誰.喲.

給我信封。

bong tu ju se yo

봉투 주세요.

崩.凸.阻.誰.喲.

給我航空信封。

hang gong seo gan ju se yo

항공서간 주세요.

航.工.瘦.卡.阻.誰.喲.

我要寄到台灣。

dae ma ne bo nae go si peun de yo

대만에 보내고 싶은데요.

貼.馬.内.普.内.夠.細.噴.爹.喲.

7 郵局－寄包裹

麻煩（我要）＋○○。

pu ta kea yo
名詞＋부탁해요.
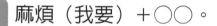
樸 他 給 喲

空運	船運	掛號
hang gong pyeo neu ro	bae pyeon	deung gi u pyeon
항공편으로	배편	등기우편
航.工.騙.呢.樓.	配.騙.	頓.幾.無.騙.

包裹	宅急便	限時專送
so po	taek bae	ppa reu nu pyeo neu ro
소포	택배	빠른우편으로
嫂.普.	貼客.配.	爸.路.努.騙.呢.樓.

• 例句 •

我要寄國際快捷。

ro hae ju se yo

EMS로 해 주세요.

EMS.樓.黑.阻.誰.喲.

好的。

ne al get seum ni da

네,알겠습니다.

內.<u>阿兒</u>.給.<u>師母</u>.妮.打.

我要寄送行李。

ji meur bo nae go si peun de yo

짐을 보내고 싶은데요.

吉.<u>門兒</u>.普.內.夠.細.噴.爹.喲.

您信要寄到哪裡呢？

eo di ro pyeon ji reur bo nae sil geo ye yo

어디로 편지를 보내실 거예요?

喔.低.樓.騙.奇.魯.普.內.吸.勾.也.喲.

北京。

be i jing eu ro bo nae ju se yo

베이징으로 보내 주세요.

北.衣.京.惡.樓.普.內.阻.誰.喲.

要花幾天？

myeo chir jeong do geol lyeo yo

며칠 정도 걸려요?

妙.<u>妻兒</u>.窮.土.勾.溜.喲.

大約四天時間。

sa ir jeong do geol lyeo yo

사일 정도 걸려요.

莎.<u>憶兒</u>.窮.土.勾.溜.喲.

到北京大約要花五天。

be i jing kka ji o ir jeong do geol lyeo yo

베이징까지 5일 정도 걸려요.

北.衣.京.嘎.奇.喔.<u>憶兒</u>.窮.土.勾.溜.喲.

給我紙箱。

sang ja ju se yo

상자 주세요.

商.叉.阻.誰.喲.

裡面是什麼？

eo tteon mul geo ni e yo

어떤 물건이에요?

喔.通.<u>母兒</u>.共.伊.也.喲.

有易損物品。

kkae ji gi swi un mul geo ni i sseo yo

깨지기 쉬운 물건이 있어요.

給.吉.幾.書.恩.母.勾.妮.衣.手.喲.

1 到藥房

請給我＋○○。

OT71

ju se yo
名詞＋주세요.
　　　　阻 塞 喲

十 生病及麻煩事

感冒藥	體溫計	濕布藥
gam gi yag	che on gye	pa seu
감기약	체온계	파스
<u>卡母</u>.幾.牙.	切.翁.給.	怕.思.

胃藥	止瀉藥	暈車藥
wi jang yag	seol sa yag	meol mi yag
위장약	설사약	멀미약
為.張.牙.	手.莎.牙.	<u>末兒</u>.米.牙.

例句·

給我感冒藥。

gam gi ya geur ju se yo
감기약을 주세요.
<u>卡母</u>.給.牙.古.阻.誰.喲.

給我處方箋的藥。

cheo bang jeo ne ya geur ju se yo
처방전의 약을 주세요.
秋.胖.怎.內.牙.古.阻.誰.喲.

213

好像吃壞肚子了。

jal mot meo geun geot ga ta yo

잘 못 먹은 것 같아요.

<u>菜兒</u>.摸.末.滾.勾.卡.打.喲.

給我跟這個一樣的藥。

i geo ha go ga teun ya geur ju se yo

이거하고 같은 약을 주세요.

衣.科.哈.姑.卡.盾.牙.古.阻.誰.喲.

這藥有副作用嗎？

i ya geun bu ja gyong i i sseo yo

이 약은 부작용이 있어요?

衣.牙.滾.樸.叉.宮.衣.衣.手.喲.

這藥要怎麼吃呢？

eo tteo ke meo geu myeon dwae yo

어떻게 먹으면 돼요?

喔.透.客.末.古.冤.腿.喲.

一天飯後吃三次。

ha ru e se beon si ku e deu se yo

하루에 세 번 식후에 드세요.

哈.魯.也.誰.崩.細.庫.也.的.誰.喲.

現在吃可以嗎？

ji geum meo geo do dwae yo

지금 먹어도 돼요?

奇.滾.末.勾.土.腿.喲.

2 到醫院 1

 沒有＋○○。 **OT72**

eop seo yo

名詞＋없 어요.

<u>歐不</u> 瘦 喲

健保卡	介紹信
ui ryo bo heom jeung i	so gae jang i
의료보험증이	소개장이
<u>烏衣</u>.料.普.喝.真.衣.	嫂.給.張.衣.

社會保險	掛號證
sa hoe bo heom	jin chal gwon
사회보험	진찰권
莎.會.普.喝.	親.差.鍋.

• 例句 •

我要看病。

jin chal hae ju se yo

진찰해 주세요.

親.差.黑.阻.誰.喲.

我是初診。

cho ji nin de yo

초진인데요.

求.吉.您.爹.喲.

我想看內科。

nae gwa jin ryo reur bat go si peo yo

내과 진료를 받고 싶어요.

內.瓜.親.料.路.爬.夠.細.波.喲.

我想看外科。

oe gwa jin ryo reur bat go si peo yo

외과 진료를 받고 싶어요.

歐.瓜.親.料.路.爬.夠.細.波.喲.

沒有預約。

ye ya geun an hae sseo yo

예약은 안했어요.

也.牙.滾.安.黑.手.喲.

幫我量體溫。

che o neur cheuk jeong hae ju se yo

체온을 측정해 주세요.

切.喔.奴.<u>秋克</u>.窮.黑.阻.誰.喲.

我感冒了。

gam gi deu reo sseo yo

감기 들었어요.

<u>卡母</u>.幾.都.樓.手.喲.

打針比較好嗎？

ju sa ma ja ya dwae yo

주사 맞아야 돼요?

阻.莎.馬.叉.牙.腿.喲.

有藥物過敏嗎？

ya ge al le reu gi ga i sseo yo

약에 알레르기가 있어요?

牙.給.<u>阿兒</u>.淚.路.幾.卡.衣.手.喲.

我有藥物過敏。

jeo neun al le reu gi ga i sseo yo

저는 알레르기가 있어요.

走.嫩.<u>阿兒</u>.淚.路.幾.卡.衣.手.喲.

有過敏體質。

eum si ge al le reu gi ga i sseo yo

음식에 알레르기가 있어요.

恩．西．給．阿兒．淚．路．給．卡．衣．手．喲．

3 到醫院 2

請＋○○（一下）。

ju se yo

動詞＋주세요.

阻 塞 喲

用吸的	不要吞下用含的	漱口一下
heu bi pae	meok ji mal go ppa ra	i beur heng gu eo
흡입해	먹지 말고 빨아	입을 헹구어
乎．逼．配．	摸．吉．馬．夠．爸．拉．	衣．布兒．黑恩．姑．喔．

用噴的	用塗抹的	用貼的
ppu ryeo	bal la	bu cheo
뿌려	발라	붙여
普．留．	拔．拉．	樸．醜．

有發燒。
yeo ri i sseo yo
열이 있어요.
有.里.衣.手.喲.

感到身體發冷。
han gi ga deu reo yo
한기가 들어요.
韓.幾.卡.的.樓.喲.

感到身體沈重倦怠。
mo mi mu geo wo yo
몸이 무거워요.
母.米.木.勾.我.喲.

咳嗽得很厲害。
gi chi mi sim hae yo
기침이 심해요.
幾.七.米.心.黑.喲.

喉嚨痛。
mo gi a pa yo
목이 아파요.
母.幾.阿.怕.喲.

沒有食慾。

si gyo gi eop seo yo

식욕이 없어요.

細.叫.幾.<u>歐普</u>.瘦.喲.

感到噁心。

so gi me seu kkeo wo yo

속이 메스꺼워요.

嫂.幾.梅.司.哥.我.喲.

有瀉肚子。

seol sa ga na yo

설사가 나요.

手.莎.卡.那.喲.

肚子痛。

bae ga a pa yo

배가 아파요.

配.卡.阿.怕.喲.

頭痛。

meo ri ga a pa yo

머리가 아파요.

末.里.卡.阿.怕.喲.

牙痛。

i ga a pa yo

이가 아파요.

衣.卡.阿.怕.喲.

腳踝扭傷了。

bal mo geur ppi eo sseo yo

발목을 삐었어요.

爬.母.古.畢.喔.手.喲.

好像骨折了。

ppyeo ga bu reo jin geot ga ta yo

뼈가 부러진 것 같아요.

表.卡.樸.拉.親.勾.卡.打.喲.

請給我診斷書。

jin dan seo reur sseo ju se yo

진단서를 써 주세요.

親.蛋.瘦.入.色.阻.誰.喲.

把＋○○＋忘記放在＋○○。 ○74

場所＋物品＋두고 나왔어요.

du go　na wa sseo yo

讀．夠　那．娃．手．喲．

電車／行李

jeon cheo re / ji meur

전철에 ／짐을

怎．醜．淚．／吉．<u>門兒</u>．

房間／鑰匙

bang e / yeol soe reur

방에 ／열쇠를

胖．也．／友．塞．路．

計程車／電腦

taek si e / com pyu teo reur

택시에 ／컴퓨터를

<u>貼客</u>．細．也．／看．飄．拖．路．

公車／皮包

beo seu e / ga ban geur

버스에 ／가방을

破．思．也．／卡．胖．<u>古兒</u>．

飯店／名產

ho ter e / teuk san mu reur

호텔에 ／특산물을

呼．貼．也．／特．三．木．路．

餐廳／錢包

sik dang e / ji ga beur

식당에 ／지갑을

西．當．也．／吉．卡．<u>布兒</u>．

保險箱／護照

geum go e / yeo gwo neur

금고에 ／여권을

滾．夠．也．／有．郭．奴．

● 例句 ●

我迷路了。

gi reur i reo sseo yo

길을 잃었어요.

幾 . 路 . 一 . 樓 . 手 . 喲 .

手提包不見了。

ga ban geu ri reo sseo yo

가방을 잃었어요.

卡 . 胖 . 屋 . 一 . 漏 . 手 . 喲 .

錢包被扒走了。

ji ga beur so mae chi gi dang hae sseo yo

지갑을 소매치기 당했어요.

幾 . 甲 . <u>布兒</u> . 嫂 . 每 . 氣 . 幾 . 當 . 黑 . 手 . 喲 .

錢包掉了。

ji ga beu ri reo beo ryeo sseo yo

지갑을 잃어 버렸어요.

幾 . 卡 . 布 . 里 . 樓 . 波 . 留 . 手 . 喲 .

護照遺失不見了。

yeo gwo neur ir eo beo ryeo sseo yo

여권을 잃어 버렸어요.

有 . 郭 . 奴 . <u>憶兒</u> . 喔 . 破 . 留 . 手 . 喲 .

十
生病及麻煩事

223

有會説中文的人嗎？

jung gu geo a neun sa ra mi sseo yo

중국어 아는 사람 있어요?

中.姑.勾.阿.嫩.莎.拉.米.手.喲.

説中文可以嗎？

jung guk mal do gwaen cha na yo

중국말도 괜찮아요?

中.哭.馬.土.跪.恰.那.喲.

裡面有護照跟機票。

yeo gwon ha go hang gong gwo ni deu reo i sseo yo

여권하고 항공권이 들어 있어요.

喲.管.哈.姑.航.工.管.衣.土.樓.衣.手.喲.

請告訴我姓名跟住址。

i reum gwa ju so reur al lyeo ju se yo

이름과 주소를 알려 주세요.

衣.樂母.瓜.阻.嫂.入.阿兒.溜.阻.誰.喲.

幫我叫警察。

gyeong cha reur bul leo ju se yo

경찰을 불러 주세요.

宮.恰.路.普.漏.阻.誰.喲.

警察局在哪裡？

gyeong chal seo neun eo di ye yo

경찰서는 어디예요 ？

宮.差.瘦.嫩.喔.低.也.喲.

請幫我辦信用卡掛失停用。

ka deu reur mot sseu ge hae ju se yo

카드를 못 쓰게 해주세요.

卡.的.路.摸.射.給.黑.阻.誰.喲.

我找不到我的行李。

jim eur mot cha ja sseo yo

짐을 못 찾았어요.

基母.額.摸.擦.叉.手.喲.

5 站住！小偷！

請（幫我）＋○○。

名詞＋動詞＋주세요.
阻 塞 喲
ju se yo

醫生／叫

ui sa reur / bul leo

의사를／불러

烏衣.莎.魯./普.樓.

計程車／叫一下

taek si / jom bul leo

택시／좀 불러

特.細./從.普.拉.

到明洞／載我

myeong dong kka ji / ga

명동까지／가

妙.同.嘎.奇./卡.

房間／換

ban geur / ba kkwo

방을／바꿔

胖.額./爬.郭.

•例句•

站住！小偷！

geo gi seo do du gi ya

거기 서! 도둑이야!

科.給.瘦.土.毒.幾.呀.

小偷！

do du gi ya

도둑이야!

土.讀.幾.牙.

有扒手！

so mae chi gi ya

소매치기야!

嫂.每.氣.幾.牙.

救命啊！

do wa ju se yo

도와 주세요！

土.娃.阻.誰.喲.

幫幫我！

sal lyeo ju se yo

살려 주세요!

沙兒.溜.阻.誰.喲.

抓住他！

ja ba ju se yo

잡아 주세요!

叉.爬.阻.誰.喲.

不要這樣！

i reo ji ma se yo

이러지 마세요!

衣.樓.吉.馬.誰.喲.

放手！

nwa ju se yo

놔 주세요.

<u>奴娃</u>.阻.誰.喲.

我叫警察喔！

gyeong char bu reul geo ye yo

경찰 부를 거예요.

<u>孔恩</u>.差.樸.入.哥.也.喲.

幫我叫救護車。

gu geup cha reur bul leo ju se yo

구급차를 불러 주세요.

姑.苦.擦.入.普.漏.阻.誰.喲.

幫我叫醫生。

ui sa bul leo ju se yo

의사 불러 주세요

<u>烏衣</u>.莎.普.漏.阻.誰.喲.

請帶我到醫院。

byeong wo ne de ryeo da ju se yo

병원에 데려다 주세요.

蘋.我.內.爹.留.打.阻.誰.喲.

請幫我叫救護車。

gu geup cha reur bul leo ju se yo

구급차를 불러 주세요.

姑.苦.恰.路.普.漏.阻.誰.喲.

火災啦！

bu ri ya

불이야!

樸.里.牙.

火燒家啦！

bu ri na sseo yo

불이 났어요.

樸.里.那.手.喲.

안녕하세요 한국어.
잘 부탁합니다.
★獻給想要馬上說韓語的您★

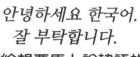

溜旅遊韓語
中文就行啦

玩玩韓語【03】

著　　者——金龍範

發 行 人——林德勝

出 版 者——山田社文化事業有限公司

地　　址——臺北市大安區安和路112巷17號7樓

電　　話——02-2755-7622

傳　　真——02-2700-1887

經 銷 商——聯合發行股份有限公司

地　　址——新北市新店區寶橋路235巷6弄6號2樓

電　　話——02-2917-8022

傳　　真——02-2915-6275

印　　刷——上鎰數位科技印刷有限公司

法律顧問——林長振法律事務所　林長振律師

初　　版——2014年7月

書＋1MP3——新台幣240 元

ISBN　978-986-246-399-4

© 2014,Shan Tian She Culture Co., Ltd.

STS

山田社

STS

山田社